1
volume
ONE
禁忌解呪の最強装備使い
呪いしか解けない無能と追放されたが、即死アイテムをノーリスクで使い放題
Akana Aozora
青空あかな
[illustration]
眠介
Nemusuke

CONTENTS

KINKIKAIJU NO SAIKYO SOBI TSUKAI

■第一章：最強の即死アイテムとの出会い■

「レイク・アスカーブ！　お前は今日で追放だ！　解呪しかできない無能め！　今すぐ失せろ！　消えてなくなれ！　二度とそのツラを見せるな、このゴミ虫が！　ブヒャヒャヒャヒャ！」

「いや、ちょっと待ってくれ。いきなり追放ってなんだよ」

それはクエストの真っ最中だった。

パーティーリーダーのガイチューが突然言ってきた。

こいつはツンツンした真っ赤な髪に、牛がつけるようなドでかい鼻ピアスまでしている。

とても冒険者とは思えない、ヒャッハーな見た目だ。

——前から俺はずっと聞きたかったのだが、それはオシャレなのか？

「だから、何度も言ってるだろ！　解呪しかできないヤツに用はないんだ！　万年Fランクの素人冒険者様にはわからないだろうがな！」

「そんなこと言ったってさ、呪いにかかったら困るだろうよ」

ここはSランクダンジョン、〈呪い迷宮〉の最下層だ。

そして、俺たちは大都市グランドビールのAランクパーティー〈クール・ブリーズ〉。

涼風って意味なんだが、リーダーが完全に名前負けしている。

「口答えするんじゃねえ！　いくら呪いが解けても、モンスターを倒せなかったら意味ないだろうが！　ブヒャヒャヒャヒャ！」

「だけどさ、呪いは厄介な魔法なんだ。それくらいわかってるだろ？　普通なら、解除には大がかりな準備が必要なんだぞ」

「そんなわけないだろ！　お前はいつも触るだけで無効化できてるだろうが！　ウソ吐いてんじゃねえ！」

「いや、それは俺のスキルであってだな」

呪いはトラップみたいな役割の魔法で、色んなダンジョンにある。

これが結構面倒で、解除するには特殊なアイテムやらが必要だ。

どうやら、俺たちが使っている魔法とはまったく別物らしい。

しかし、なぜか俺は触れるだけで無力化できた。

まぁ、確かに俺は戦闘が苦手だ。

だが、その分解呪を必死に頑張っている。

おかげで、今では魔力を飛ばして遠くの呪いも消せるようになった。

「へっ！　たった今、お前は用なしになったんだよ！　この〈聖騎士のネックレス〉がゲットできたからな！」

「あっ、それは」

そう言うと、ガイチューはドヤ顔でアイテムを掲げた。

これ見よがしにプラプラと揺すっている。

ちなみに、見つけたのは俺だ。

だが、無理矢理こいつにぶんどられてしまったのだ。

〈聖騎士のネックレス〉
ランク：A
能力：呪いを打ち消す

金色の鎖に、小さい盾みたいな紋章がくっついている。

そして、そこには騎士の兜が刻まれていた。

アイテムとか冒険者の色んなランクは、最高がSで最低がFだ。

つまり、これは超激レアアイテム。

「ほら、どうだぁ？　お前の一億倍使えるアイテムだ。この大マヌケめ」

「お、俺にくれるのか？」

俺はそおっと手を伸ばしていく。

が、ガイチューはひょいっと〈聖騎士のネックレス〉を引っ込めた。

「ブヒャヒャヒャヒャ！　やるわけねーだろーが！　お前にこんなレアアイテム渡すかよ！」

「なんだ、くれねえのかよ……」

解呪スキルがある俺は、こんなアイテム持ってても意味ない。

それなのに、なぜ欲しいかというと…………デザインが気に入ったんだ。

俺はカッコいいアイテムを手に入れたくて、わざわざ危険な冒険者なんかをやっている。

例えば、ワイルドな鎧とか、イカつい鎌とか、グロい骸骨がついた杖とかだ。

ぶっちゃけていうと、女にモテるよりアイテムゲットのほうが大事だな。

「おらよ、くらいやがれ！　このポンコツが！」

「がはっ……何を……！」

ガイチューがいきなり腹を蹴ってきた。

めちゃくちゃ痛くて地面にしゃがみ込む。

普通、仲間を蹴るか？

しかも、思いっきり。

ありえないだろ。

こ、こいつはマジでヤバい。

「いい気味ですね、レイク。戦闘力のないアンタにはピッタリの仕打ちですわよ」

苦しそうな俺を見て、女剣士のヒレッツが楽しそうに言った。

せっかくのお嬢様育ちっぽさが、性格悪そうな笑顔で台なしだ。

「ガイチュー様を恨もうとしないで。憎むべきは自分の無力さなんだから」

畳みかけるように、魔法使いのロカモーノが軽蔑の目を向けてきた。

ねじ曲がった心が彼女の顔から滲み出ている。

「君は本当に弱いな。見ているこっちが恥ずかしくなるほどだ」

挙句の果てには、ヒーラーのツイシンまで馬鹿にしてきた。

三つ編みのおしとやかな感じでも、その陰湿さは隠しきれない。

こいつらはみんなガイチューの取り巻き女だ。

俺を見下しながら、ヤツにベタベタまとわりついていた。

それを見て心底ゾッとする。

――おいおいおい、お前らはこんなヤバい野郎が好きなのか？

「さーって、俺たちは帰るとするか。じゃあな、無能レイク。ああ、そうだ。この辺りはモンスターが多いからな。気を付けないと死んじまうぞ。まぁ、お得意の解呪スキルでなんとかしろや。ブヒャヒャヒャヒャ！」

「私たちに助けを求めようとしないでくださいね」

「さっさとモンスターに喰われて」

「さようなら、レイク君。せいぜい頑張るんだな」

ひとしきり俺をせせら笑うと、ガイチューたちは帰っちまった。

「ク、クソッ……あいつら、俺を置き去りにしやがって」

しかし、そんなことを言っている暇はない。

騒ぎを聞きつけて、モンスターが集まっていた。

Bランクのハイオークたちだ。

こいつらの動きはゆっくりしているが、とにかく力が強い。

体も頑丈なのでかなり強い相手だ。

まだ離れているがこっちのほうにきていた。

しかも二、三匹いる。

「うぐっ……ま、まずは逃げないと……」

俺は痛む腹を抱えながら、とにかく走りだす。

だが、廊下を進むとすぐに行き止まりになった。

目の前には壁、後ろにはハイオーク。

「ウソだろ……俺はここで死んじまうのかよ。まだカッコいいアイテムを全然集めていないぞ」

思わず自分の不運に呆然としたとき、壁がおかしいことに気づいた。

うっすらと魔法陣が浮かんでいる。

呪いの魔法だ。

封印式が見えるので、呪いで作られている封印っぽい。

もしかしたら、俺のスキルで解除できるかもしれないぞ。

「《解呪》!」

俺が触ると魔法陣は一瞬で消えた。

やっぱり、呪いだったようだ。
そして、壁がなくなり部屋みたいな空間が出てきた。
暗くて静かでなかなかに不気味だ。
「だが、今はここに入るしかねえ！」
中はがらんとして少し広かった。
「武器はないか⁉　武器はないか⁉　武器はないか⁉」
血眼になって探し回る。
Sランクダンジョンなら強い武器があるはずだ。
一つもなかった。
隠し通路的な逃げ道があるかもしれない。
「出口⁉　出口⁉　出口⁉」
一つもなかった。
どうする、どうする、どうする⁉
と、思ったら、奥のほうに何か浮かんでいるのに気が付いた。
——なんだ、あれ？
近づいて見ると指輪のようだ。
それを見たとたん、俺は言葉を失い神に感謝した。
腹を蹴られた痛みとか、〈聖騎士のネックレス〉とかもはやどうでもいい。

「な…………なんてカッコいいんだ」

指輪は骨みたいな銀色の輪っかに、グロい骸骨の飾りがついている。

しかも、どす黒いオーラまで出ていた。

全てのデザインが俺の好みに突き刺さる。

「……最高だ」

この指輪だけは死んでも持って帰るぞ。

感動していたら、アイテムの前にぼんやりと説明書きみたいのが見えた。

原理はよくわからんが、まぁそういう感じだ。

【呪い魔神の指輪】
ランク：SSS
能力：一息で世界を焦土にする魔神と契約する

「ランクSSS!?　そんなの聞いたことねえぞ!?」

伝説の聖剣ですらランクＳのはずだ。

ＳＳＳなんて規格外も甚だしい。

おまけに、能力もすごそうじゃないか。

――一息で世界を焦土にする魔神かぁ……。

俺は想像を膨らます。

どんな感じなんだろう？

角とか生えてる悪魔みたいなヤツかな。

カッコいい上にめっちゃ強いアイテムときた。

これはもう、俺の勝ちだといっていいな。

しかし、説明文にはまだ続きがあった。

呪い：出てきた魔神に焼かれて死ぬ

「はあ!?　それじゃ使えねーだろ！　なんだ、このでたらめなアイテムは！」

いくら魔神が強かろうが、俺が死んだら意味ねーっての！

『ガアアアア！』

『ググググ！』

叫んでいる間にも、ハイオークは少しずつ近づいていた。

このままでは確実に殺されるだろう。

ここが俺の死に場所か……。

「あー！　なんでこうなっちまったんだー！」

頭を抱え天を仰ぐ。

いや、正確にいうと天井なんだが。

もうダメだと思った瞬間、俺はあることに気づいた。


――もしかしたら、俺のスキルで呪いだけ無効化できるんじゃないか？


「でも、SSSランクの呪いだぞ？」

さすがに不安になった。

こんな高レベルの呪いなんて、見たことも聞いたこともない。

しかし思い返すと、さっきの魔法陣だって相当レベルが高いはずだ。

そして、俺が今まで無効化できなかった呪いは一つもなかった。

「ほ、本当にいけるのか……？」

悩んでいる間にも、ハイオークはすぐそこに迫っている。

ここまできたら覚悟を決めるしかなかった。

「もうどうにでもなりやがれ！　《解呪》！」

思いきって指輪をはめる。

すると、突然輝き出したので思わず目をつぶった。

――な、なんだ!?

恐る恐る目を開けると、俺の前に銀髪美少女が立っている。

「だ、誰だ、お前は!?」

なんか……ものすごい美少女が出てきたぞ。

銀色の長い髪、スラリとした体形、丸みのある胸……ゲフン！

極めつけには、最高にカッコいい骸骨の髪飾りをつけていた。

いいなぁ、俺もめっちゃ欲しい。

「誰って、呪い魔神ですが？」

「……」

――ですが？　って、フレンドリーすぎないか？　世界を焦土にする魔神じゃ……。

確かに、この娘は指輪から出てきたっぽい。

さっきまで誰もいなかったもんな。

状況から考えると確かなのだが、とても信じられなかった。

どこからどう見ても、ただの女の子にしか見えないのだ。

「ほ、ほんとに呪い魔神なのか？　魔神感ゼロなんだが」

〔だから、そう言ってるのに〕

『ガガガガ！』

『ググギガ！』

『ゲッゲッゲ！』

「うわああ！」

とうとう、ハイオークが部屋に入っちまった。

全部で三匹もいる。

これはAランクパーティーでさえ返り討ちにされかねない。

ヤツらは俺たちを見て、ベロリと舌なめずりしていた。

もう逃げ場はない、まさしく絶体絶命だ。

「ちくしょー！　俺の人生もここまでかー！」

〔もう、ご主人様と話してるってのに。黙りなさいよね〕

そう言うと、銀髪美少女はふぅぅっと息を吐いた。

『『アギャアアアアアアアアアア!!!』』

「うおおおお！」

ハイオークたちはどす黒い炎に包まれ、あっという間に燃え尽きてしまった。

灰や臭いすら残らない。

「す、すげえ……」

ハイオークはBランクだぞ。

しかも、あの数を秒で倒しちまうなんて。

〔私は〝呪われた即死アイテム〟で、呪い魔神のミウ〕

「え？」

驚いている俺をよそに、女の子は右手を出している。

唐突に呪いのことを思い出した。

呪い：出てきた魔神に焼かれて死ぬ

――ヤバイヤバイヤバイ、まだ危機は去ってないじゃねえかよ！

どっと冷や汗をかく。

「お、俺を殺す気か!?　頼む、見逃してくれ！　まだカッコいいアイテムを全然集めていないんだよ！　え、ダメだ？　クソッ、それなら、せめて、その髪飾りを……！」

〔だから、私はミウっていう名前なんですが？〕

ミウと名乗った女の子に俺を襲うような素振りはない。

それどころか至って落ち着いていた。

だんだん、俺は恥ずかしくなってくる。

「そ、そうか……すまん、取り乱したな。俺はレイク・アスカーブだ」

「よろしくね」

俺たちはギュッと固い握手を交わした。

な、何がどうなっているんだ。

「これで私が呪い魔神だって信じてもらえたかしら」

「いや、それはもちろん信じるのだが……」

あんな格の違いを見せつけられたら疑いようがない。

だが、どうしても理解できないことがあった。

「どうしたの？」

「ひ、一つだけ聞いていいか？」

「なんでしょう」

ミウはきょとんとしている。

見た感じは本当に普通の女の子だ。

「どうして、そんな見た目なんだ」

「どうしてって、生まれたときからこのままよ。う〜ん……困ったわね。ご主人様の質問には答えたいのだけど、それ以上説明しようがないわ」

「そうじゃなくてだな」

なんか、想像と全然違うぞ。

もっとこう……エグい悪魔とか血だらけの死神みたいなヤツじゃないのか？

でも、あの実力は本物だよな。

〔しっかし、ご主人様って顔に似合わず、積極的なのねぇ。いくら契約でも、結婚してくれとまでは言っていないのに。まったく、困ったご主人様！〕

「け、結婚？　な、何を言ってるんだ？」

ミウは恥ずかしそうに顔を赤らめている。

おまけに、なんだかとても嬉《うれ》しそうだ。

〔もうヤダぁ、照れちゃって！　ほら、これ！〕

彼女は自慢げに左手を見せてきた。

その薬指にはあの骸骨指輪がついている。

「そ、それがどうした？」

〔だから、ご主人様も指輪つけてるでしょ？　照れてるフリはしなくていいのよ〕

「え？」

俺は自分の手を見る。

なんてこった。

よりによって左手の薬指にはめちまったぞ。

これは互いに永遠の伴侶となることを意味する。

ぐぐぐ……。


「お、おい、取れねーぞ！　どうなってんだ！」

「取れるわけないじゃん、契約なんだから。もう、わかってるくせにぃ！　じゃ、そういうことで末永くよろしく、ダーリン！」

そう言うと、ミウはむぎゅむちっと俺にくっついてきた。

何はともあれ、仲間ができたのは素直に嬉しい。

俺はずっと天涯孤独だった。

ミウがそばにいてくれたら、それはそれは幸せな毎日だろうよ。

しかし……。

「ダ、ダーリンって、おま」

「いいじゃん！　細かいことは気にしないの！」

ミウはまったく離れる気配はない。

マジか、俺の妻はもう決まっちまったのかよ。

別にイヤなわけじゃないし、確かにミウはかわいいのだが……そうじゃなくてだな。

――男女の距離というものは、もっとゆっくり縮めていくものだろ？

挨拶《あいさつ》から始めて、知り合いになって、友達になって、デートして、手をつないで、それから……。

「どうしたの、ダーリン？」

「い、いや、なんでもない。じゃあ、さっさと地上に戻るか」

気を取り直して、今後どうするか考える。

追放されちまったわけだが、まずはギルドに帰ろうと思う。

ガイチューには消えてなくなれ、なんて言われたが消えるわけないだろ。

こんな所で人生を終えるのはまっぴらごめんだ。

とりあえず、ここから脱出したほうがよさそうだな。

のんびりしてると、またモンスターがくるかもしれんし。

〔ちょっと待って。落ち着いて聞いてね、ダーリン〕

「な、なんだ？」

突然、ミウは俺を力強く見てきた。

とても真剣な眼差しだ。

――何を言われるんだろう……。

緊張でゴクッと唾を飲んだ。

〔一言でいうと、ダーリンのスキルはすごいのよ。選ばれし者ってことね〕

「お、おお」

何がどうすごいのか全然わからんが、俺のスキルはすごいらしい。

〔呪いは闇魔法で作られているって知ってた？〕

「え、そうなの？」

闇魔法はとうの昔に廃《すた》れてしまった、めっちゃ強い魔法だ。

超上級クラスのモンスターでさえ、その余韻程度の魔法しか使えない。

大賢者たちが復興させようとしている……なんてウワサもあるな。

〔どういうわけか、呪いだけあちこちに残っているんだけどね。そして、〝呪われた即死アイテム〟は他にもたくさんあるわ〕

「マジか!?　まだあんの!?」

それを聞いてめちゃくちゃ嬉しくなった。

なんて素晴らしいんだ……。

「それでどこにあるんだ!?　頼む！　教えてくれ！」

〔ここにはなくて、亜空間に保管されているわ〕

「亜空間？　どうやって行くんだろう？」

〔奥の壁にこの指輪を嵌《は》める窪みがあるはずよ〕

ミウに言われて探してみると確かにあった。

ちょうど、指輪の骸骨が収まりそうな凹みだ。

「ほお、これか」

「そこに指輪を入れてみて」

指輪を嵌めたまま凹みに当てると、カコッと軽い音がしてピッタリ収まった。

徐々に壁が消えて通路が現れる。

奥へ奥へと伸びるように続いていた。

「なんか道が出てきたぞ。この先に〝呪われた即死アイテム〟があるのか？」

「ええ、行ってみましょう、ダーリン」

俺たちは通路を静かに歩く。

少し進むと真っ黒な空間に出た。

ロウソクでぼんやり照らされていて、なかなかにナイスな感じだ。

できればここを俺の部屋にしたいな。

「すげえ、なんだこれは」

「ここの裏ダンジョンよ」

「まさか〈呪い迷宮〉にこんな隠しルートがあるなんてな。初めて知ったよ」

「あの魔法陣を誰も解除できなかったのね」

だから手つかずで残っていたんだろう。

俺は結構ラッキーなヤツかもしれない。

「見るからに特別な場所って感じだな」

「選ばれし者だけが入れる亜空間よ」

「おっ、あっちのほうにいくつか扉があるぞ」

空間の壁にはやたらと頑丈そうな扉があった。

どれもずっしりした感じで、魔法陣が展開されている。

近くで見ると、これも呪いで作られている封印だとわかった。

指輪を見つけた部屋の壁と同じだ。

「なあ、ミウよ。この封印魔法はかなり高度じゃないか？」

この俺でも見ただけでわかる。

どれもこれも王国の大金庫以上に複雑で鉄壁だ。

「まぁ、すごく高ランクの魔法ね。でも、ダーリンなら一発で解除できるわ。呪いなんだから」

「そうかなぁ」

「この中に〝呪われた即死アイテム〟は納められているの」

「へぇ、この中にねぇ……って、どうしてミウはそんなことまで知っているんだ？」

「どうしてって……」

ミウはポカンとしている。

と、思ったら、自信ありげに言ってきた。

「呪い魔神だからよ」

「ああ、そうか」

何をもってああそうかなのか全然わからんが、そういうことらしい。

自信を持って言われるとなんとなく納得してしまうのだ。

〔とりあえず、今日は休みましょうか。もう寝ましょうよ、ダーリン〕

「そうだな、色々あって疲れたよ……って、どこに泊まるんだ」

当たり前だが、ダンジョンの中に宿屋なんてない。

こんな所で一夜は過ごせない。

モンスターだってたくさんいるのだ。

いくらミウが強くても、やっぱり彼女の身が心配だった。

〔ダーリン、後ろを見てごらんなさいな〕

「後ろ？」

振り返ると、亜空間の入口に結界が張られてあった。

どす黒いオーラが出ていて見るからにヤバそうだ。

〔あれはSSSランクの呪い魔法だから、ダーリン以外が触れると死ぬわ〕

「お、おお、なら安心だな」

下手したら近づくだけで死にそうだ。

マジの呪いは容赦ないらしい。

「しかし、どこで休むんだ？」

見たところ、ベッドやソファの類は一つもなさそうだった。

最悪ここで寝てもいいけど地面が結構硬い。

一晩寝ただけで体がビッキビキになりそうだ。

〔大丈夫よ。選ばれし者のために休憩室があるわ〕

「休憩室？」

ミウが指さしたほうに小さな扉があった。

そこだけ魔法陣が張られていない。

ミウに連れられ扉を開ける。

〔ダーリン、どう？〕

「へぇ……なかなかにいい部屋だな」

入ってみると、目の前に大きなベッドが置いてあった。

部屋全体は優しい光に包まれてムーディな感じだ。

隅っこには小さな箱が備えつけられている。

「なんだろう、これ。何か入っているのかな？」

〔開けてみましょう〕

「うおっ、ヒンヤリしているぞ」

ありがたいことに、冷たい箱の中には食い物とか飲み物が入っている。

おかげで、俺たちは軽い食事ができた。

「随分と手厚い歓迎だな。これならゆっくり眠れそうだ」

「早速寝ましょうか」

「よし」

となったわけだが……。

「ねえ、ダーリン。どうして、そんな端っこにいるの？」

俺はベッドの隅も隅、落ちるか否かのギリッギリにいた。

「あ、いや、ちょっと……」

「私のこと嫌いなの？」

「そうじゃなくてだな」

いくらミウが呪い魔神といえど、うら若き乙女だ。

健全男子として、一緒に寝るわけにはいかんだろうが。

ましてや、まだ出会って数時間も経ってないぞ。

それなのに、一晩同じ屋根の下で過ごすというのはどうなんだ？

いや、嬉しくないわけではなくてだな、世の中には順序というものが……。

「もう、契約しているんだからいいでしょ」

結局、ミウに押しきられ、抱きしめられてしまった。

――お、おお……。

背中に柔らかくも、主張の激しいふくらみが当たる。

そんなことなど気にせず、ミウはどんどんくっついてきた。

俺の理性が音を立てて崩れ去る。

――も、もうダメだ……いや！　が、頑張れ、レイク！　流石《さすが》に、まだ早すぎるだろうがよ！

と思ったら、ミウはすうすうと寝てしまった。

なんとなく寂しい気もする……って、いつからお前はそんなに不健全になったんだ！

「お、落ち着け、レイク」

俺は眠かったが、部屋の中を少し探ることにする。

不健全な考えを振り払……ゲフン！

もしかしたら、カッコいいアイテムがあるかもしれんからな。

ちょうど、壁には小さな棚があった。

「何かないかな？」

引き出しを開けてみると、どす黒い衣服がたくさん入っている。

骸骨が描かれた服や、フード付きの長いコートとかだった。

「うーむ、服だけか」

もちろん持って帰るが、できればアイテムがよかったな。

どうやら、着替えしかないらしい。

特に収穫なしか……残念だ。

いや、ちょっと待て。

「なんだ、これ？　見たことないアイテムだな。キノコか？」

引き出しの中に不思議なアイテムがあった。

だが、全然カッコよくない。

なんか固いしブルブル震えているし、食えるわけでもなさそうだ。

何より不健全そうなので、そのまま奥のほうにしまっておいた。

□□□

「じゃあ、行くよ、ミウ」

「やっちゃえ、ダーリン！」

翌日、何事もなく目覚めた俺たちは、一つの扉の前にいた。

いよいよ、他の〝呪われた即死アイテム〟と対面できる。

見れば見るほど、この呪いを使った封印魔法は高度だった。

たぶん、大賢者や大聖女レベルでも解除できないだろう。

だが、所詮は呪い。

俺のスキルで無効化できるはずだ。

「《解呪》！」

俺が触ると魔法陣は一瞬で消え去った。

思ったとおりだ。

「よ、よし、開けるぞ！」

「せーのっ！」

ミウと一緒に扉を開けると、奥のほうに剣が浮かんでいた。

瞬く間に、俺のテンションが爆上がりする。

「…………す、素晴らしすぎるだろ」

「そんなにいいかしら？」

剣はククリマチェットみたいな形で、刀身に悪霊の絵が刻まれていた。

しかも、その絵はオオオ……と動いているのがすごい。

これまたどす黒いオーラが出ていた。

【悪霊の剣】
ランク：SSS
能力：斬りつけた存在を即死させる

「ランクSSS!?　しかも、即死だって!?　つ、強すぎんだろ……」

「〝呪われた即死アイテム〟は、破格の強さを持っているのよ」

相手を即死させるアイテムなんて、見たことも聞いたこともない。

上機嫌で手を伸ばしていく。

カッコいい上にめっちゃ強くて、これも最高だな。

何よりデザインが素晴らしい。

帰ったらゆっくり眺めよう。

しかし、剣を握ろうとした瞬間、残りの説明書きが目に入った。

呪い：身につけると、体が真っ二つに引き裂かれて死ぬ

「どわあ！　あぶねえ！」

慌てて手を引っ込め、勢いよく【悪霊の剣】から離れる。

あ、危うく死ぬところだった。

〔もう、何やってるの。そんなに怯えなくても平気だって。ダーリンに呪いは効かないんだから〕

「お、おう、それはわかっているのだが……」

おそらく、ミウのときと同じだと思うが、どうしても身構えてしまうんだ。

だって、体が真っ二つだぞ。

〔ほら、早く〕

「お、おい、押すなって」

結局、ミウにぐいぐいと押され、俺は【悪霊の剣】の前にきた。

——頼むっ！

目をつぶり、えいやっと剣を握りしめる。

体を引き裂かれる感覚は……ない。

慌てて自分の体を触るが大丈夫だった。

真っ二つになっていない。

「ぶはぁ……よかったぁ……」

〔だから、大丈夫って言ってるのに〕

「そうは言ってもなぁ、結構緊張するんだぞ……って、カッケー！」

近くで見ると、【悪霊の剣】は一段とカッコよかった。

柄も無骨な感じで全体の雰囲気にピッタリだ。

ふ～ん、意外と軽いな。

ん、あれ？

刀身の絵は、ボロい服を着ている女の人に見えるような……いや、気のせいか。

〔ねえ、その剣のこと気に入った？〕

「ああ、もちろんだ。さて、試し斬りしてみたいな」

早速、こいつを使いたくなった。

昔から新しい武器をゲットすると、ワクワクするんだ。

何より能力をチェックしたい。

本当に相手を即死させるのだろうか。

〔じゃあ、一度外に出ましょうかしら〕

「あっ、ちょっと待ってくれ。そういえば、ここには強いモンスターしかいないぞ」

〈呪い迷宮〉はSランクダンジョンだ。

おまけに、俺たちがいるのは最下層なので、強いヤツらがうようよいる。

あのハイオークだって、他のダンジョンだったらボスクラスだ。

そして、俺は剣術が得意なわけでもない。

いくらアイテムが強くても、返り討ちにされるんじゃなかろうか。

〔大丈夫よ。心配だったら私が半殺しにしておくから。とりあえず、やってみましょう〕

「そ、そうだな。まずは戦ってみるか」


ということで、俺たちは呪いの結界を抜けて、ダンジョンに戻ってきた。

すっかり忘れていたが、ここはジメジメしていて不快な所だ。

亜空間は意外にも過ごしやすかったらしい。

――つい昨日、ここで追放されたんだよなぁ……。

当たり前だが、ダンジョンは何も変わっていない。
でも、今は全然違う景色に見えた。
俺を信頼してくれる大切な仲間――ミウがいるからだ。
『ゴゴゴゴ！』
「な、なんだ⁉」
〔モンスターみたいね〕
通路の奥からディフェンド・ゴーレムがやってきた。
のっしのっし歩いている。
こいつは名前のとおり、守り特化のBランクモンスターだ。
生半可な剣技なんかは簡単に弾かれちまうな。
対魔法石で作られているので、魔法攻撃も効きづらい強敵だ。
「なかなかに厄介なヤツがきたぞ」
〔あんなに動きが遅かったら、あいつの攻撃なんか簡単に避けられるわよ〕
「う～ん、それもそうか。でも、ゴーレムに即死能力が効くのかな？」
正確にいうと、あいつらは生き物じゃない。
岩だとか石に魔力が宿ったモンスターだ。

体のどこかにある核を壊すのがベストな倒し方とされている。

〔効くに決まってるじゃないの。〝呪われた即死アイテム〟は、SSSランクなんだから。それに、その剣も戦いたがっているみたいよ〕

「え？」

ミウに言われ【悪霊の剣】を見る。

相変わらず、オオオ……と唸っていたが、確かになんとなく笑ってもいた。

「よし、いっちょやってみるか！」

〔何かあったら私がすぐにサポートするわ〕

ディフェンド・ゴーレムへ慎重に近づいていく。

後ろにはミウがいるので安心だ。

『ゴゴガ！』

いきなり、ディフェンド・ゴーレムは右腕を振り下ろしてきた。

だが、とてもゆっくりとしている。

これくらいなら俺でも避けられるぞ。

「い、いくぞ！　くらいやがれ！」

さっと躱《かわ》して【悪霊の剣】で斬りかかる。

剣の先っぽがゴーレムの腕に刺さった。

こんな所に核なんかあるわけが……。

『ゴギャアアアアアアアアア！！！』
「うおおおおお！」
その瞬間、ディフェンド・ゴーレムの体が真っ二つに裂けた。
ズズンと倒れ二度と動かない。
それにしても、とんでもない断末魔の叫びだ。
〔やったわね、ダーリン！　すごい！　一撃で倒しちゃうなんて！〕
「お、おお……」
ミウが走り寄ってきて、俺にむぎゅむちっとくっついてくる。
核がどうとかそういう次元じゃなかった。
――ガチのマジで即死させるんだ。なんてヤバいアイテムだ。
というか、解呪スキルがなかったら、俺もああなっていたってことか。
お、恐ろしいな。
〔その剣も嬉しそうね〕
「何？」
剣に描かれた悪霊が、ニチャァァ……と笑っている。
もしかして、命を吸い取ったりしているのだろうか？
アイテムや魔法の強さとかはランクの高さで決まる。
当然だが上にいくほど強い。

そして、〝呪われた即死アイテム〟はＳＳＳランク。
ということはだな。

――これは世界最強のアイテムなんじゃないか？

最初はアイテムがゲットできればそれでよかったけど、やっぱり戦ってみたい。
早速、俺たちは亜空間に戻ってきた。
〔さぁ、〝呪われた即死アイテム〟はまだまだあるわ。次はどれにしましょうか〕
「そうだなぁ……あれ？　なんか絵が描かれてないか？」
〔あら、ほんとね〕
よく見ると、それぞれの扉にはうっすらと絵が描かれていた。
これは鎧《よろい》っぽい絵だ。
たぶんというか絶対、鎧系のアイテムだろう。
ディフェンド・ゴーレムは、守り特化モンスターだからなんとかなった。
だが、素早いヤツとかがきたら、俺が先に死んじまうかもしれん。
「今の俺にピッタリだな。これにしよう。《解呪》！」
案の定、部屋の中には鎧があった。
あまりのカッコよさに呼吸が荒くなる。

「……はぁはぁ」
〔もう、ダーリンったら〕
闇に溶け込むような漆黒の鎧兜《かぶと》だ。
紫のイカつい模様が全体に細かく刻まれているぞ。
模様はドクン！　ドクン！　と光っていて、めちゃくちゃにカッコいい。
そして、例のどす黒いオーラときた。
これはもうたまらんだろう。

【怨念の鎧】
ランク：ＳＳＳ
能力：あらゆる物理攻撃や魔法攻撃を666倍にして跳ね返す
呪い：身につけると、全身の骨が粉々に砕けて死ぬ

「666倍!?　つ、強すぎる……」

Sランクの反射魔法でさえ、せいぜい十倍くらいのはずだ。

意味不明なほどに強すぎる。

感動もそこそこに、すぐ鎧を着てみた。

「おお！　俺の体にピッタリじゃねえか！　なあ、似合うか、ミウ？」

〔ええ、似合ってるわよ、ダーリン〕

部屋の中には、ちょうどいい具合に鏡が置いてあった。

その前で色んなポーズを取る。

「くぅぅ、カッケーなぁ！」

〔ねえ、眺めるのはそれくらいにして、早く能力を試しましょう〕

「あっ、ちょっと待てよ？」

重大な問題に気づく俺。

〔どうしたの、ダーリン〕

「〝呪われた即死アイテム〟が盗まれたらどうしよう」

そうなのだ。

いくら強くても盗まれたらおしまいだ。

〔そんなの問題ないって。ダーリン以外が持つと呪いを受けるのよ〕

「ど、どういうことだ？」

〔実際に見たほうが早いわ〕

「お、おい」

またもやミウに押しきられる形で、俺たちはダンジョンへ戻ってきた。

ちょうど奥のほうからグレムリンが歩いてくる。
こいつはDランクだ。
〔あいつにしましょう〕
「何が？」
〔さあ、ダーリン。兜をあいつに渡すのよ〕
突然、ミウはとんでもないことを言ってきた。
「な、何を言ってるんだ、ミウ!?　そんなことしたら、〝呪われた即死アイテム〟があいつに取られるだろ!?」
〔大丈夫だって〕
「いや、グレムリンがパワーアップしちまうぞ！」
〔いいから早く〕
「あいつがこれを身につけたら倒せなくなるって！」
〔ならないわ〕
ミウは一歩も引かない。
自信満々って感じだ。
その力強い目を見ていると、ミウの言うとおりにしたほうがいい気がしてくる。
「じゃ、じゃあ、いくぞ！　どうなっても知らんからな！」
やけになって、俺はグレムリンに兜を放り投げた。

なんか、ミウの尻に敷かれている気がするんだが……気のせいだよな？

『キキキキキ！』

ああ、もうダメだ。

グレムリンは嬉しそうに兜を被っ……

『ブギャアアアアアアア！！！』

「うおおおおおお！」

た瞬間、ヤツの体がバキバキのグシャグシャになっていく。

も、ものすごい悲鳴だ。

〔さあ、近づいてみましょう〕

「これは……体がすごいことになってるぞ」

グレムリンの全身はボコボコになっていた。

見るも無残な姿だ。

〔ダーリンが持っている間だけ、呪いは無効化されてるのよ〕

「な、なるほど」

ミウの言うように〝呪われた即死アイテム〟は俺にしか使えないらしい。

〔これで安心したでしょ？〕

「よし！　そういうことなら、ジャンジャン解呪するぞ！」

〔それでこそ、ダーリンよ！〕

俺たちは違う扉の前に戻った。

強いアイテムがあるのなら、さっさとゲットしたほうがいいだろ。

もったいぶる必要はどこにもないからな。

「今度はどんなアイテムだろう」

〔ポーションみたいな絵が描いてあるわ〕

「他にはない特別な効果があるのかな、楽しみだ。よっと、《解呪》！」

入ってみると、部屋の奥に小ビンが二つ浮かんでいた。

一つにはエグい悪魔が、もう片方にはイフリート的な彫刻が蓋に施されている。

ビンにまとうのは例のどす黒いオーラ。

〔やっぱり、ポーションね〕

「……うっ！」

カッコよさのあまり、またしても呼吸が荒くなる。

いったい、何度俺を感激させれば気が済むんだ？

下手したら死んじまうぞ。

ひ、一つずつ見ていこう。


【悪魔のポーション】

ランク：ＳＳＳ
能力：全ての身体能力、魔力を６６６倍にする
呪い：飲むと体内の血が沸騰して死ぬ

彫刻どおりの名前だ。
どうやら、〝呪われた即死アイテム〟は全部ＳＳＳランクっぽい。
それにしても体内の血が沸騰って、どんな死に方だ。
かなりキツイ内容だが、解呪できる俺には効かない。
ここまでくると、呪いのことなんか気にならなくなってきた。
〔ふ〜ん、結構よさげな能力じゃない。飲む価値はありそうね〕
「というか、６６６倍にパワーアップなんて常識破れもいいところだな」
〔しょぼい倍率より、ずっといいでしょうよ〕
「まぁ、それはそうだが。じゃあ、とりあえず飲んでみるか」
蓋を開ける。
プシュッといい音がした。
ポーションにしては珍しいな。
さあ飲むかとビンを傾けたところで、あることに気づいた。

――もしかして……めっちゃまずいんじゃね？

だって、666倍にパワーアップだぞ。

これは飲んだら死ぬくらいまずいんじゃ……。

「ダーリン、どうしたの？」

「いや、ちょっと……」

何も美味くなくていいんだ。

人が飲める程度の味であれば。

まさか、まずくて死ぬなんてことはないよな？

解呪は呪いを消せても、味は変えられないぞ。

少し怖かったが気合を入れる。

ええい！　ここまできて今さら何を怖がってんだ！

「よ、よし、飲むぞ！」

「いっけー、ダーリン！」

何がいっけー！　だかわからんが覚悟を決めた。

ゴクゴクと一気に飲み干してやる。

飲み終わった瞬間、ものすごい衝撃を受けた。

「いっ……！」

「どうしたの、ダーリン!?　大丈夫!?」

「意外とうめえな……」

〔もう、心配させないでよ〕

【悪魔のポーション】はしゅわしゅわしていて、なかなかに美味だった。

確かに、力が溢れてくる感じがする。

しかもそれだけじゃない。

予想外の嬉しいことが起きたのだ。

「おおお、なんだ⁉　どす黒いオーラが俺の体にまとわりついているぞ⁉」

〔ダーリンにピッタリね！〕

めちゃくちゃ喜んだ。

黒いオーラを漂わせた男……なんて、カッコイイじゃないか。

せっかく喜んでいたのに、少し経つとうっすら見えるくらいになってしまった。

「ええ、もう終わりかよ」

〔ダーリンはそのままでも素敵だわ〕

「そうじゃなくてだな」

さて、と俺は空容器をしまう。

〔入れ物は捨てないの？　全部飲んじゃったんでしょ？〕

「捨てないに決まってるだろ。絶対に持って帰る」

こんなカッコいいのに捨てるなんてもったいない。

これは大切に保管するんだ。
正直なところ、俺には中身より入れ物のほうが大事だった。
〔なんだか、ダーリンの趣味がわかってきた気がするわ〕
「よし、次はこっちだ」
二つ目のポーションには地獄の門番的な彫刻がされている。
中の液体は真っ赤で、飲むのがもったいないくらいカッコいい。
これもどす黒いオーラが漂っていた。
〝呪われた即死アイテム〟はみんなこういう感じなんだろうな。
何から何まで俺好みだ。
ここは天国かもしれん。

【地獄のポーション】
ランク：SSS
能力：あらゆるケガや病気などを永続的に治癒する
呪い：飲むと内臓が燃えて死ぬ

内臓が燃える……これまた恐ろしい死に方だ。

永続的に治癒するって、ケガとか病気を無限に治せるってことだよな？

不死身かよ。

さて、こいつも美味かったらいいのだが。

「よし、飲むぞ！」

〔ぶちかませー、ダーリン！〕

「ゴクゴク……かああー！　うめぇ！」

赤い液体を一気に飲んでやった。

今度もまた喉ごし最高だ。

〔これも入れ物はとっておくのよね？〕

「もちろんだ」

大事に大事に【地獄のポーション】をしまう。

容器が消えてしまわなくて本当によかった。

中身を飲んだらなくなるのかと、不安でしょうがなかったんだ。

そのまま最後の扉に向かう。

「ここでラストか」

〔扉の絵は魔法使いが持ってそうな本みたいね〕

「だとすると、魔導書的なアイテムかな？　それ、《解呪》！」

部屋の中には、年季の入っためっちゃ分厚い本が浮いている。

暗黒の魔導師みたいな絵が表紙に描いてあった。

そして、極めつきはどす黒いオーラ。

もはやそのカッコよさに気絶しそうだ。

「…………生きててよかった」

【闇の魔導書】
ランク：SSS
能力：闇魔法が自由に使える
呪い：闇魔法を使うと体が爆発して死ぬ

〝呪われた即死アイテム〟はデメリットがヤバい代わりに、とんでもなく強いらしい。

【闇の魔導書】を触ってみる。

スベスベしていて撫で心地がよかった。

〔見るからに強力な魔法が書いてありそうな本ね〕

「ああ、特に表紙の絵が気に入った」

描かれている魔導師を眺めていると、自分も強くなったような気がする。

〔ひとしきり、こんなところかしら〕

「扉は全部開けたからな」

闇魔法はいずれ使うとして、そろそろ地上へ戻ってもいいだろう。

〔私もダーリンと色んな所に行きたいな〕

そうか、ミウはずっとここに一人でいたのか。

だったら、なおさら早く外に出たほうがいいだろう。

と言いたいのだが……。

「結構アイテムが集まったけど、持って帰るのが少し大変かもしれないな」

〔大丈夫よ、ダーリン。〝呪われた即死アイテム〟には、おまけ能力があるの。使わないときは亜空間にしまっておけるわ〕

「へぇ～、おまけ能力かぁ」

いや、なんでそこだけかわいい感じなんだ。

呪いはエグいのに。

〔私はしまわないでね〕

「わかってるって。そうだ、闇魔法ってどんなのだ？」

【闇の魔導書】を適当にパラパラめくる。

当たり前だが、闇魔法なんて今まで見たことさえなかった。

しかし、本には魔法の名前と絵、そして簡単な説明しか書いていない。

〔随分とあっさりしているわね〕

「俺はあまり詳しくないけど、魔法って呪文とか言わないのかな？」

ロカモーノやツイシンが魔法を使うとき、いつも何か唱えていた。

大地の精霊よ……みたいなヤツで、強い魔法のときほど長かった。

「テレポート的な魔法があったらいいのだが」

〔ねえ、どうせなら歩いていきましょうよ。あっさり帰ったらつまんないわ〕

「う～ん、それもそうか。装備も試したいし」

せっかく、色んな強いアイテムをゲットしたのだ。

極めるまではいかなくても、とりあえずちょっと使ってみたい。

〔モンスターを倒しながら外に出ましょう。アイテムも使ってるうちに慣れてくるわ〕

「よし、そうするか。いやぁ、しかし素晴らしい日々だったな」

最高のアイテムたちをゲットしてほっくほくだ。

いくら我慢しようとしても、自然と笑みがこぼれてしまう。

だが、なぜかミウはしょんぼりしていた。

「どうしたんだ、ミウ～？　具合でも悪いのかぁ～？」

〔なんか、ダーリン……私と契約したときより嬉しそう……〕

ミウはぐすぐすしていた。

めちゃくちゃに焦る。

「そ、そうじゃなくてだな！　これは、そのっ……！」

〔私なんてどうでもいいんだ……〕

「違う違う！　違うっての！」

俺はミウを必死になだめながら地上へ歩いていった。

□□□

『コオオオオ！』

「な、なんだ⁉」

〔何か聞こえるわね〕

ダンジョンを歩いていると、不気味な音が聞こえてきた。

〝呪われた即死アイテム〟をフル装備していてもやっぱり緊張する。

「モンスターが近くにいるのかな？」

〔ダーリン、あそこに何かいるわ〕

ミウが奥のほうを指す。

暗がりから首のない騎士系モンスターが出てきた。

「うおっ、デュラハンじゃねえか！　ヤべぇ！　こいつはAランクだぞ！」

そうだ、ここは〈呪い迷宮〉だ。

こんな大物が出てきても全然おかしくない。

「でも、Aランクでしょ？　たいしたことないわよ」

ミウはそんなことを言っているが、こいつはそこら辺のモンスターとはわけが違う。

剣技は超一流な上に、魔法攻撃だってすごく強い。

Aランクパーティーでも全滅の危険があるほどだ。

「あいつはかなりの強敵だ！　に、逃げよう！」

「だから、ダーリンなら大丈夫だって。逃げる必要なんかないわ。それにしても不思議ねぇ」

「な、何が？」

ミウはしきりに考え込んでいる。

「頭がないのにどうして動けるのかしら」

「そうじゃなくてだな」

その間にも、デュラハンはゆっくりと歩いてくる。

こいつは騎士道精神に溢れているので、不意打ちとかはしてこないのだ。

「しょうがない、やるしかないか」

「ダーリンはあいつの前に行ったら、そのままジッとしてて」

「いや、頑張って【悪霊の剣】で倒すよ。一撃でも与えれば勝てるから」

「それより、もっと楽な方法があるわ。【怨念の鎧】があるじゃないの」

「え？　……ああ、666倍の反射か」

説明書きには、どんな攻撃も跳ね返すって書いてあったよな。

でも、相手はあの超強いデュラハンだ。

さすがにちょっと心配だった。

〔ダーリンは何もしなくても、あいつは勝手に死ぬわ〕

「そうかなぁ」

〔ほら、早くあいつの前に行って〕

「だ、だから、押すなって」

結局ミウにぐいぐい押され、デュラハンの前へきてしまった。

言われたとおり、何もしないでジッと立つ。

すると、相手も俺を敵だと認めたらしい。

『コオオオ！』

デュラハンはすごい勢いで剣を振ってきたぞ。

ほ、ほんとに大丈夫か？

ブウン！　っと斬りかかってきた剣が【怨念の鎧】に触れ……

『ズギャアアアアア！！！』

「うおおお！」

た瞬間、デュラハンの体がめった打ちにされた。

秒も経たずに無数の傷が刻まれる。
そのまま、ヤツは床に崩れ落ちてしまった。
足先でツンツンとするがピクリとも動かない。
――おいおいおい、こいつはAランクだよな？　あっさり死んじまったぞ。
〔流石、ダーリン！　何もしないのに倒しちゃったわ！〕
「す、すげえ……これが666倍の反射か……」
ミウはウッキウキで俺にくっついてきた。
というか、〝呪われた即死アイテム〟が強すぎる。
どんなモンスターも秒で倒しちまう。
〔じゃあ、ダンジョンから出ましょうか〕
「そうだな、もう十分だろう」

□□□

「おっ、地上に出てきたぞ」
〔ここがダーリンのいた世界なのね！　空気がおいしいわぁ！〕
思ったより早く外に着いた。
ダンジョンの最下層を目指しているときはめちゃくちゃ大変だったのに。

帰り道は拍子抜けするくらいあっけなかった。

「さてと……外に出られたけど、どうしようかな」

しばしの間考える。

［ダーリン、何を悩んでいるの？］

「〈呪い迷宮〉はグランドビールからちょっと離れてるんだ。歩いて帰ると数日はかかるかもしれないな」

［だったら闇魔法を使ってみたら？　便利な魔法があるかもしれないわ］

「確かに」

俺たちは【闇の魔導書】を見てみる。

ページをめくってたら、ちょうどよさげな魔法があった。

《ダークネス・テレポート》
ランク：SSS
能力：全世界のあらゆる場所へ自由に行ける

［あら、これがいいんじゃない？］

「ふ〜ん、ダークネス・テレポートか。世界中のどこにでも自由に行ける、って書いてあるぞ。今日はもう遅いから家に帰るか」

「ダーリンのお家なんて楽しみね」

「呪文とかは書いてないけど、魔法名を言うだけでいいのかな？」

「たぶん」

「じゃあ、《ダークネス・テレポート》！　行き先は俺の部屋！」

喋り終わったとたん、俺たちは建物の中にいた。

ボロ宿で借りている俺のしょぼい部屋だ。

「え、もう着いたの？」

「はや〜い！」

もしかしたら、一秒かかっていないかも。

とんでもない速さだ。

もちろん、俺の体が爆発することもなかった。

至って健康そのものだ。

「その……狭くて悪いな」

「いいえ。ダーリンとくっついていられるから私は幸せだわ」

俺の安宿はギルドからいっっちばん遠くにある。

ガイチューたちが無理矢理決めたのだ。

だから、俺だけいつも早起きさせられていた。

〔ここがダーリンの住んでいる所なのねぇ〕

ミウは部屋の中を興味深そうに見ている。

自慢じゃないが、女の子を部屋に入れるなんて生まれて初めてだ。

もっと片づけておけばよかったぞ。

というか、不健全な物は置いていないのに緊張するのはどうしてだ？

「この狭さじゃ、〝呪われた即死アイテム〟を飾っとくスペースはなさそうだ。亜空間にしまっておこうかな。でも、どうやるんだろう？」

〔心の中で念じるだけでいいのよ。また使いたいときも念じればすぐに出てくるわ〕

「そうか、随分と簡単だな」

——亜空間で待機していてくれ。

こんな感じか？　と、思ったら、〝呪われた即死アイテム〟は消えていた。

「今日はしかたないけど、そのうち引っ越しも考えよう」

〔私はこのままでもいいけど〕

「いや、流石に申し訳ないから」

俺しかいないときは気にならなかったが、ミウもいるとやっぱり狭かった。

二人で暮らすにはもっと広い部屋がいいな。

〝呪われた即死アイテム〟も飾りたいし。

どうせなら家具とかにもこだわりたい。

そういえば、ミウはどんなのが好きなんだろう？

……いや、ちょっと待て。

いつの間にか、夫婦みたいになってる気がするんだが……気のせいだよな？

〔ダーリンはまた冒険者やるの？〕

「う〜む、そうだなぁ……」

正直なところ、俺はあまり気乗りしなかった。

また再開するにしても誰かと組んだほうがいいだろう。

しかし、ガイチュー事件があって以来、パーティーにあまりいいイメージがない。

またあんな厄介事があるのはまっぴらごめんだ。

とは言ったものの、せっかく〝呪われた即死アイテム〟をゲットしたんだ。

使わずに引退なんてつまらなすぎる。

となると、今までどおりクエストに挑むのが一番なんだが……どうしたものかな。

〔ダーリンは冒険者やりたくない？〕

「いや、そういうわけじゃなくてな。誰かとパーティーを組みたくないんだ」

〔じゃ、傭兵とかどう？　ダーリンの強さなら、どんな依頼だって完璧にこなせるわよ。〝呪われた即死アイテム〟だって使う機会がたくさんあると思うし〕

「…………傭兵かぁ」

なかなかにカッコいい響きじゃないか。

どこのパーティーにも属さず、依頼のあるときだけ冒険者たちと関わる。

淡々と仕事をこなして、終わったら颯爽と姿を消すのだ。

何人たりとも群れない孤高の一匹オオカミ。

まさしく俺の生き方にピッタリだ。

それに、なんとなくのんびり暮らせそうじゃないか。

〔でも、ダーリンは強いからねぇ。あっという間に、ダーリンのウワサで持ちきりになっちゃうかも〕

「ハハハ、そんなまさか」

できれば、俺はあまり目立ちたくない。

目をつけられると面倒だからな。

気楽に傭兵をやりながら、カッコいいアイテムを集めていくか。

「じゃあ早速、明日ギルドに申請しよう」

〔いえーい!〕

俺たちはぎゅうぎゅうになりながら小さいベッドで寝る。

はっきりいって、ここは例の休憩室より狭い。

でも、俺は幸せだ。

もう一人じゃないんだからな。

■第二章：元パーティーリーダーと解かれた封印■

【間章：ガイチュー】

「まったく、あのゴミ虫には迷惑したぜ！　ブヒャヒャヒャヒャヒャ！」

あの後すぐ、俺たちは宿屋に帰ってきた。

ここはギルドの近くにある上に部屋も大きい。

立地条件は最高だった。

宿代は高いが、無敵の俺たちにとってはたいしたことない。

「ガイチュー様の仰《おつしや》るとおりですわ！」

「人は皆《みな》、これを英断という」

「流石は我らがガイチュー様だ！　バンザイ！　バンザイ！」

あのクソ無能を追放して、俺はめちゃくちゃいい気分だ。

さーって、今日も大活躍といくか。

「解呪しかできないくせに、あいつはとにかく偉そうだったぜ！」

「私たちもほんとに困りましたわ」

「これで安心してクエストに行ける」

「よかった、よかった。足手まといがいなくなって清々した」

俺の女どもも心底嬉しそうだ。

あの無能は本当に嫌われてたんだな。

「よし、いくぞお前ら！　この俺についてこい！　ブヒャヒャヒャヒャ！」

「「はい！」」

□□□

ということで、俺たちは適当なAランクダンジョンにきた。

〈呪い迷宮〉のクエストは終わったので、ちょっとした息抜きだ。

ボスモンスターを倒す単純なクエストだった。

「ボスちゃんはどこにいるのかなぁ？　まぁ、最強の俺たちなら楽勝だろうがな！　ブヒャヒャヒャヒャ！」

「でも、Aランクモンスターのサタンが出ているってウワサもありますよ？」

「少しだけ困るかも」

「遭遇しなければいいが」

サタンはいたずらに色んなダンジョンをうろつくモンスターだ。

冒険者に呪いをかけては苦しむさまを見て喜ぶ。

「別にたいしたことねぇよ。大丈夫だろ。なんといっても、こっちには〈聖騎士のネックレス〉があるからな」

例のクソ無能から取り上げたアイテムを見る。

ククク、いい物を見つけたぜ。

「そうでしたわね。でしたら安心です」

「ガイチュー様の言うとおり、気にすることはない」

「こんな激レアアイテムがあれば平気なはずだ」

笑いながら歩いていると、暗がりからモンスターが出てきた。

「おっ、なんだ？　ボスちゃんか？」

『ケッケッケ！』

早速、サタンのお出ましだ。

「「ガイチュー様!?」」

「何、慌てんな」

こいつはAランクだがビビることはない。

サタンは面倒な呪いをかけるのが趣味みたいなヤツだ。

人間を殺すような真似はしない。

というか、こいつもぶちのめせば追加報酬を貰《もら》えそうだな。

「へっ！　ちょうどいいじゃねぇか！　おい、クソサタン！　逃げるなよ！」

俺はずかずかと進んでいく。

「あっ、ガイチュー様⁉　危険ですわ！　もし、呪いにかかったらどうするんですか⁉」

「何言ってんだよ、こっちには〈聖騎士のネックレス〉があるんだぞ」

『クケケケケ！』

いきなり、サタンは赤い光線を飛ばしてきた。

だが、俺に当たると弾かれてしまった。

アイテムの力で打ち消したのだ。

「ほら見ろ、こんなヤツ敵じゃねえんだよ」

サタンに〈聖騎士のネックレス〉を見せつける。

はっ、どうだ。

これさえあればお前なんかザコモンスターだ。

敵の攻撃が効かず余裕な気分となるのだが、アイテムの様子がおかしい。

ブルブル震えている。

「な、なんだ？」

直後、〈聖騎士のネックレス〉はパキーン！　と砕けてしまった。

「は⁉　何壊れてんだよ！」

「きっと、サタンの呪い魔法に耐えられなかったんですわ！」

「もう守る物がない！」

「逃げるんだ、ガイチュー様！」

『ケケケ！』

パシューン！　とサタンから放たれた光線が俺に当たった。

――しまった！　呪いをくらっちまった！

しかし、何も起こらない。

「なんだ、驚かすんじゃねえよ。このクソモンス……」

と、思ったら、俺の体が猛烈にかゆくなった。

ものすごいかゆみで気絶しそうだ。

「うぎゃあああ！！！」

「「ガイチュー様!?　大丈夫ですか!?」」

全力で体中をかきむしる。

さらにまずいことに、かゆいだけじゃない。

全身を虫が這いずり回っている感じで、気持ち悪くてしょうがない。

「なんだよ、これえええ！　お前らどうにかしろ！」

「こ、これはサタンの呪い魔法ですわ。私たちにはどうにもできません」

「おい、ツイシン！　さっさと呪いを解除しろ！」

パーティーで唯一のヒーラーを睨みつける。

「そんなこと言っても、私は解呪なんてしたことがない！」

「ふざけんな！　お前は回復魔法専門だろうがよ！」

「だから、ケガを治せたりはできても呪いは無理だ！」

「と、とりあえず、ギルドに帰りましょう！」

ヒレツが言ったことに俺は耳を疑った。

「帰るだと⁉　クエスト中断ってことかよ！」

そんなの初心者丸出しパーティーがやることだ。

しかも、俺の体がかゆいから撤退したってことか？

ふざけんな！

ウワサされるに決まってんだろ。

「ダメだ！　絶対に撤退はしない……ぐあああ！　体がかゆいいいいいい！」

「このままでは、クエストどころじゃありませんわ！」

「今モンスターに襲われたら大変！」

「帰るしかない！　みんな、ガイチュー様を運ぶんだ！」

「ぐっ……クソおおお！」

□□□

必死の思いでギルドに帰ってきた。

体がかゆくて死にそうだ。

我慢できないので、どうしてもクネクネしてしまう。

ぞぞぞぞっと、イヤな感触がしてしょうがない。

そんな俺を見て冒険者たちが笑っていた。

「おーい、ここはダンス会場じゃないぞー」

「誰に求愛してんだー？」

「気持ち悪いだけだからなー」

「うるせぇ！　おい、早く治療師を呼べ！」

めちゃくちゃに怒鳴り散らす。

ちょうど今、各地を転々としている治療師団がきているはずだ。

騒いでいると、白いローブを着たヤツらがやってきた。

「はい、なんでしょうか。治療師は私たちですが」

ひょろ長いメガネ野郎が先頭に立っている。

どうやら、こいつがリーダーっぽい。

「この呪いを解けってんだよ！」

「おっかない人ですねぇ」

「早くしろ！」

クソメガネはゆっくり俺の体を触っていく。

ヤツの手はぼんやり光っていた。

状態を分析しているらしい。

「ふむ、質《たち》の悪い呪いみたいですね。サタンにやられたんでしょう。注意情報を見ていなかったんですか？」

「黙れ！　さっさと治せ！」

「いや、治しますよ。仕事ですから。でも、ちゃんとお金払えますか？　解呪には一千万エニかかりますけど」

「はあ!?　なんだよ、一千万エニって！　なんでそんなに高いんだよ！　お前ら偽物だろ！」

見た目はそれっぽくしやがって。

こいつらはぼったくりグループに違いない。

「偽物って、随分と失礼ですね。これでも私たちはカタライズ王国直属の治療師団ですが」

よく見ると、こいつらのローブには紋章がついている。

そこには王国のシンボル、オリーブの枝が描かれていた。

確かに、本物の治療師みたいだ。

「ぐっ……だからといって、いくらなんでも高すぎだ！　払えるわけないだろうがよ！」

「ですから、これはAランクモンスターのサタンに受けた呪いですよね？」

「あ、ああ、そうだが……それがどうした!?　さっさと解けよ！」

「どうしたって……あなた、本当に冒険者ですか？　呪いを解くのって、かなり大変なことなんですよ。解呪に精通した腕利きの魔法使いが何人も必要なんですから」

治療師団は呆れたような顔をしている。

こいつらまで俺を侮辱しやがるのか？

「ふざけんな！　呪いなんて手で触れれば解けるんだろ⁉」

「ふざけているのはそちらですよ。触っただけで呪いが解けるなんて、ありえないじゃないですか」

——な、なんだ？　こいつらはいったい何を言っている？　あの無能はなんでも簡単に解呪していたぞ。

そうこうしているうちにも、俺の体は悲鳴をあげている。

耐え苦しんでいたら、女どもがいそいそと話しかけてきた。

「「ガイチュー様、ここはレイクに頼んだほうが……」」

「はあ⁉　なんで、あいつの名前が出てくるんだ！」

レイクに頼るなんて死んでもごめんだ！

「お取り込み中悪いんですが、支払いのほうはどうなんですか？　私たちにも生活がありますからね。これ以上安くはできませんよ」

まごまごしていると治療師団はどこかに行ってしまう。

クソッ、どうすればいい……そうだ。

「おい、お前らも支払いに協力するよな？」

俺はメンバーにも払わせることにした。

四人で分割すれば、一人頭二百五十万エニだ。

これなら、高ランククエストを何回かクリアすれば賄《まかな》える。

「「え……」」

予想に反して、こいつらは気乗りしない感じだった。

「おい、なんでイヤそうな顔してんだ」

「そ、そんな大金ありませんわ……」

「せっかく貯めたのに、ガイチュー様のために使うのはちょっと……」

「なんで私たちまで……」

「知るか！　誰のおかげでここまでこれたと思ってんだ！　有り金全部出しやがれ！」

「「ひいいいい！」」

メンバーから全財産を奪い取り、そっくりそのまま治療師団に渡した。

「う～ん、まだ足りません。これでは治療できませんよ」

「な、なんだと！　それならアイテムで払う！　それならいいだろ！」

「はぁ、しょうがないですね」

俺は身に着けている物を全部渡す。

「お前らもアイテム出せ！　装備もだよ！」

「「そ、そんな……」」

メンバーから全てのアイテムをむしり取るとそれも渡した。

「まぁ、ギリギリってところですかね」

――この野郎。

ぶん殴りそうになるのを必死に堪えた。

「早く解け」

「じゃあ、こちらにきてください。専用の部屋に案内しますから」

「おい、ここで解いてくれねえのかよ。体中かゆくてしょうがねえんだ」

「魔法陣もなしに解呪できるわけないじゃないですか。冗談は言わないでくださいよ」

「はあ？」

治療師はさっさと歩いていく。

しかたがないので、俺もついていった。

部屋まではわずか数十歩なのに、かゆみを我慢しすぎてへとへとに疲れてきた。

「はぁはぁ……」

中に入ると、治療師たちが魔法陣を描いていた。

その周りには、モンスターの頭だとか骸骨《がいこつ》だとか、グロいアイテムを並べていく。

な、なんだか怖くなってきたぞ。

「おい、ちょっと待て。どうしてこんなに大がかりなんだよ。もっとスマートにやれないのか」

「無茶なことを言わないでください。呪いは恐ろしく高度な魔法なんですから。これくらいの準備でも足りないくらいです」

「は？　高度な魔法？　呪いが？」

「え……そんなことも知らないんですか？　常識ですよ。さっきも聞きましたが、あなたは本当に冒険者なんですか？」

「なんだと、この……」

「ほら、さっさと座ってください」

――もしかして、レイクは結構すごいヤツだったのか？　いや、そんなことがあるわけないだろ。

「じゃあ、始めますよ。我らが魔力を糧に、この者の呪いを……」

準備が終わると、治療師たちは呪文を詠唱しだした。

やたらと長い呪文で不安になる。

何はともあれよかった、これでかゆみから解放され……。

「ぐあああああ！！！」

「騒いでないで頑張ってください。まだまだかかりますよ」

呪いを解除する儀式は死ぬほど苦しかった。

「なんでこんなに痛いんだよ！　わざとやってんのか……うぎゃあああ！」

「闇魔法を解除するわけですから、痛いに決まってるじゃないですか。暴れるとさらに時間かかりますよ」

「高い金払ってんだから、もっと優しく……あぎゃぎゃぎゃぎゃぎゃぎゃ！」

何回か失神しては、ものすごい痛みで意識が戻る。

地獄のような時間だった。

□□□
「……ゲホッ」

「「ガイチュー様……大丈夫ですか？」」

気が遠くなるような時間が過ぎて、ようやく部屋から出られた。

呪いは解除したというのに、俺は心も体もボロボロだ。

「ガイチューのヤツ、体がかゆくて逃げ帰ってきたんだってよ」

「なんだよ、その撤退理由。情けないなぁ」

「ギャハハハ！　しょっぼ！」

少し離れた所で、冒険者どもが俺のことを笑っていた。

今すぐぶちのめしたかったがそんな元気もない。

俺はぐったりしながらギルドから出ていく。

そして、メンバーは別の意味でぐったりしていた。

「うっうっ……せっかく新しいドレスを買おうと思ってましたのに」

「私の愛用の杖が取られた……高かったのに」

「頑張って貯めたお金が……」

「う、うるせぇ！　また稼げばいいだろ！」

女どもはいつまでもブツブツ言っていた。

クソッ、俺たちは一文なしになっちまったぞ。

――ちくしょう！　こうなったのも、全部レイクのせいだ！

□□□

「こんちはー」

「こんにちはー」

その後、俺たちはグランドビールのギルドにきた。

とりあえず、なじみの受付嬢さんのところへ行く。

「どうも、セレンさん」

「レ、レイクさん⁉　え、ウソ⁉」

セレンさんは俺を見ると、めちゃくちゃに驚いた。

いつもの落ち着いている姿からは想像もできない。

年を聞いたことはないが、たぶん俺より上だろうな。

ショートヘアとメガネが似合う、かわいい女性だ。

「どうしたんですか？　そんなにビックリして」

「ビックリするに決まってるじゃないですか！　ガイチューさんからは死亡届が出されるし、レイクさんはずっと帰ってこないから死んだと思ってましたよ！」

マジか、死亡届まで。

あれ？　ガイチューって誰だ？

俺の知り合いにいたっけ、そんなヤツ。

………………そうだ、あいつだ。

元パーティーリーダーじゃねえか。

色んなことがありすぎて忘れかけていた。

「なんとか帰ってこれました。まぁ、それなりに大変でしたけど」

「生きていたんですね、よかったぁ。ほ、本物ですよね？　まさか、幽霊じゃ……」

セレンさんは俺の頬をぶにぶに触ってくる。

「ふぉ、ふぉんものですよ」

〔ねえ、ダーリンにベタベタ触らないでよ〕

「おや？　こちらはどなたですか？　随分とキレイな人ですね」

セレンさんはメガネをかけ直しながらミウを見た。

なんて紹介すればいいのかな。

正直に呪い魔神です、って言ったほうがいいのか？

いや、悪手極まりない気がする。

「この前ダンジョンで会った子で、ミウっていいます」

「よろしくね」

「へえ、ミウさんっていうんですか。私はセレンです。よろしくお願いします。す、素敵な髪飾りですね」

セレンさんは骸骨の髪飾りを見て、ちょっと引いている。

どうしてだろう？　こんなカッコいいのに。

「あと、私たち結婚してまーす！」

「お、おい！」

いきなり、ミウはとんでもないことを言い出した。

しかも、なかなかに大きな声で。

頼むからそんな軽いノリで言わないでくれ。

周りのヤツらがジロジロ見てるだろうが。

「え!?　結婚!?　どういうことですか、レイクさん!?」

「ほら、このとおり！」

ミウは嬉しそうに例の指輪を見せつける。

「ダーリンも見せるのよ」

「あっ、ちょっ！」

急いで左手を隠そうとしたが、あっさり出されてしまった。

〔ダーリンったら、有無を言わさぬ勢いで指輪をはめたの〕

「ゴ、ゴホン！　それはそれとして……どうですか、セレンさん。カッコいいでしょう？」

ミウが詳細に話しだしたので、俺は慌てて指輪を見せる。

こうなったら、この素晴らしいデザインでごまかすしかない。

「な……なかなかに、前衛的な結婚指輪ですね」

残念なことに、またしてもセレンさんはカッコいいとは言ってくれなかった。

「まさか、レイクさんがこんなに手が早い人だったとは」

「これはそういうのじゃないですから。それに手が早いとか言わないでくださいよ。まだ何もしてないし」

「何はともあれ、無事でよかったです」

〔ほら、ダーリン。あのことを聞くんじゃないの？〕

――っと、そうだ。傭兵について聞かないと。

「あの、セレンさん。お願いがあるんですけど、俺を傭兵として登録してくれませんか？」

「傭兵ですか？　どうしてまた」

「まぁ、なんというか、そっちのほうが向いてるかなって。変ですかね？」

「いえ、変ではありませんが、傭兵になるには実績が必要です。冒険者パーティーから依頼を受けるには、それなりの実力がないと……」

確かに、そりゃそうだ。

誰も素人まがいのヤツに頼んだりしないよな。

と、なると、まずは強いことを証明しなければならないが……。

「どのくらいの強さがあれば大丈夫ですか？」

「そうですねぇ、高ランクモンスターを倒せれば文句なしだと思います。Aランクモンスターを一人で倒せれば、それだけで十分すぎるでしょう」

Aランクって、もう達成してんじゃねえかよ。

でも、あのデュラハンは適当に倒したヤツだ。

正式なクエストじゃないから認められないだろうな。

「セレンさん、少しクエストを探してみますね。ミウも一緒にきてくれ」

「ええ、もちろんよ」

「あっ、ちょっと、レイクさん、ミウさん」

俺たちはクエストボードの前にきた。

「なんかいいのねえかなぁ」

「ダーリン、ここにAランクって書いてあるわ」

「おっ、どれどれ」

『Aランクモンスター、マジックドラゴンの討伐』

魔石鉱山ジマトーンケイブ内に棲みついたマジックドラゴンを討伐せよ

〔これにしましょう〕

「よし」

依頼表を取って受付に戻る。

「じゃあ、セレンさん。このクエストお願いします」

「はいはい、わかりました……って、Aランククエスト!?　いけません！　そんな危険なクエストは任せられませんよ！　だって、レイクさんはFランクじゃないですか！」

ああ、そうだ。

俺はまだFランクだった。

セレンさんの話を聞いて、ミウが小声で話しかけてくる。

〔どうして、ダーリンのランクはそんなに低いのよ?〕

「俺の元パーティーリーダーが手柄を横取りして、いつまでも昇格できなかったんだ」

〔何そいつ。ぶちのめしてやらないと〕

「ま、まぁ、そんなにたいしたことないから……」

ミウはゴゴゴ！　と怒っていた。

ので、懸命になだめていると、セレンさんが畳みかけるように言ってきた。

「このクエストは今まで何人も失敗しています！　魔石鉱山ジマトーンケイブだって、そもそも行くのが大変なんですよ！　二度と帰ってこられない死の入り口なんていわれています！」

「大丈夫ですよ、セレンさん。俺、めっちゃ強いアイテムゲットしたんですから。〝呪われた即死アイテム〟って知ってますか？　全部ＳＳＳランクで……」

「そう言って、みんな死んじゃうんですよ！」

セレンさんは全然話を聞いてくれない。

――うーむ、実際に見せたほうがいいかもしれんな。〝呪われた即死アイテム〟、こい！

「聞いてるんですか、レイクさん……って、うわぁ！　なんですか、それ⁉」

瞬時に、俺はフル装備になった。

俺の全身からどす黒いオーラが出ている。

セレンさんはタジタジといった感じだ。

きっと、このデザインに感銘を受けているんだな。

「これが俺の言ってる〝呪われた即死アイテム〟ですよ。めっちゃカッコいいでしょう？」

「え、ええ……っ、強そうですね」

セレンさんはやっぱりカッコいいと言ってくれなかった。

「それにミウだってクソ強いんですから大丈夫ですよ」

〔ダーリンは誰にも負けないわ〕

俺たちは自信満々にセレンさんを見る。

「そ、そうですか？　なら、無理に止めようとはしませんが。ですが、これだけは約束してください。少しでも危険を感じたら、すぐに帰ってくること。自分たちの命を最優先に行動してくださいね。レイクさんに何かあったら、私は悲しくてしかたありません」

「はい、わかりました。セレンさんは優しいですね。でも、ちゃんとクリアしますから」

「では、ジマトーンケイブへのマップを渡します」

「いや、それには及びません」

セレンさんが地図をくれたけど丁寧にお断りした。

「え？　でも、マップがないと……」

「なくても行けるんですよ」

まぁ、【闇の魔導書】があればすぐに着くだろうからな。

〔ダーリン、行きましょうか〕

「よし。じゃあ、《ダークネス・テレポート》！　行き先は魔石鉱山ジマトーンケイブの、マジックドラゴンがいるとこ！」

「ちょ、ちょっとレイクさん!?　ミウさん!?」

□□□

「あいつか」
〔なんか、変な色してるドラゴンだわ〕
瞬きしたら、俺たちは魔石鉱山ジマトーンケイブに着いていた。
ヒンヤリとした洞窟っぽい所だ。
この辺りは良質な魔石が採れるので、人もモンスターもよく集まる。
少し離れた所にマジックドラゴンが一匹いた。
特徴的な紫と黄色のしま模様なので間違いない。
バリバリと魔石を喰っていた。
「さっさと倒してギルドに戻るか。ミウはここにいていいからな」
〔優しいのね、ダーリン〕
「そうじゃなくてだな」
『ガアアアアアア！』
マジックドラゴンは俺たちを見つけると大声で叫んだ。
威嚇しているらしい。
Aランクモンスターの咆哮《ほうこう》だ。
普通の冒険者たちは震え上がるだろう。
だが、俺はちっとも怖くない。

「随分と活《い》きがいいなぁ」
『ゴアアア！』
そして、ヤツはマジックブレスをたくさん吐いてきた。
紫と黄色の火球で当たると体が痺れる。
【怨念の鎧】で何もせず倒してもいいが、その前に試したいことがあった。
「おお！　体がめっちゃ軽いぞ！」
俺はブレスをどんどん避ける。
【悪魔のポーション】でパワーアップしているので簡単に躱せた。
流石は666倍だ。
ちょっと力を入れただけで、尋常じゃない速さで動けるぞ。
［キャー、ダーリン素敵ー！］
『グルル⁉』
マジックドラゴンも驚いている。
こんなに早く動ける人間なんてそうそういないだろうしな。
とはいえ、ミウの応援がめっちゃ恥ずかしい。
手早く仕留めるか。
こいつは図体がでかいから、簡単に【悪霊の剣】で斬れそうだ。
「ほいっと」

マジックドラゴンの背中に飛び乗る。

そのまま、愛用の剣を突き刺した。

『ゲギャアアアアア！！！』

例のごとく、マジックドラゴンは洞窟が壊れそうな叫び声をあげ、真っ二つになって死んだ。

やっぱり、どんなモンスターも秒で倒しちまう。

難しいといわれているクエストはものの数分で終わった。

「さて、ギルドに戻るか」

〔ダーリンは強いわねぇ〕

ということで、俺たちは闇魔法を使ってギルドに帰る。

ああ、早く傭兵になりてぇなぁ。

のんびり暮らしが楽しみだ。


「セレンさん、マジックドラゴン倒してきました」

〔ただいま～〕

「きゃあぁ！」

【闇の魔導書】を使ったので、俺たちは一瞬でギルドに戻ってきた。

笑顔で報告したのに、セレンさんは悲鳴をあげている。

「あの……セレンさん？」

「レ、レイクさん⁉　どうしたんですか⁉」

「いや、どうしたって、クエストが終わったんで帰ってきました」

〔ダーリンったら瞬殺よ、瞬殺〕

「も、もう終わったんですか⁉　まだ十分も経ってないんですけど……」

セレンさんは驚愕している。

とても信じられないらしい。

「本当に倒してきたんですって」

〔証拠の素材だってあるわよ〕

「た、確かに……」

俺たちは採ってきたマジックドラゴンの一部を出す。

セレンさんは、まさかという顔をしていたが、ちゃんと受け取ってくれた。

「驚かしてすみませんね」

「私のほうこそ騒いじゃって申し訳ありません。レイクさんたちを疑うわけではないんですが、あまりにも早すぎて」

まぁ、余計なところは全部カットしているからな。

「どうしたセレン、何かあったのか？」

「あっ、マギスドールさん。今ちょうどレイクさんたちが……」

カウンターの奥からガタイのいい人が出てきた。

ギルドマスターのマギスドールさんだ。

右目にザックリと大きな傷が入っている。

今は第一線を退いているけど、元Sランクのめちゃ強剣士なんだよな。

カッコいいし強いしで、俺はひそかに憧れていた。

「こんにちは、マギスドールさん。俺たちマジックドラゴンを……」

「だ、誰だ、君は!?」

マギスドールさんは俺を見てすごい驚いている。

何度も話したことがあるのに、なんでだ?

前から俺のことをよくかわいがってくれていたはずなのだが……。

あ、そうか、【怨念の鎧】を着たままだった。

さっと兜を外す。

「レイクです」

「レ、レイクじゃないか！　生きていたのか!?」

マギスドールさんは俺だとわかると、すごい勢いで近づいてきた。

とても心配そうな顔をしている。

「あいつらに置いてけぼりにされましたけど、無事に帰ってこれたんです」

「そうだったのか……お前が生きていて本当によかった。ガイチューたちには厳しく言っておかないとな。っと、こちらのお嬢さんは？」

俺はミウをマギスドールさんに紹介する。

「〈呪い迷宮〉で会ったミウです」

「こう見えても私はダーリンの妻なのよ。出会ってすぐに結婚したんだから」

「何、結婚？　レイクは決断が早いんだな」

「ち、違いますって」

このままじゃウワサがギルド中に広まってしまう。

「レイクさんったら、マジックドラゴンを倒してきちゃったんですよ」

セレンさんがさっき渡した素材をマギスドールさんに見せた。

話題が逸れて少々ホッとする。

「マジックドラゴンを倒した⁉　でも、どうやって討伐したんだ。相手はAランクモンスターだろ？

こう言っちゃ悪いが、レイクはFランクじゃなかったか？」

「確かに俺はFランクですが、〝呪われた即死アイテム〟っていう、めちゃくちゃ強いアイテムをゲットしたんです。この鎧もそうです」

俺が言うと、マギスドールさんはまたもや驚いた。

「何、〝呪われた即死アイテム〟だって⁉　実際に使える者がいるとは……信じられないな」

「そんなにすごいことなんですかね？」

「俺が知る限り、そんなヤツはお前以外に一人もいないぞ」

へぇ、そうなんだ。

マギスドールさんが言うのだから間違いないはずだ。

〝呪われた即死アイテム〟が使えるなんて結構特別なことなのか。

「あっ、そうだ。レイクさん、これが報酬です。どうぞ」

「え？」

セレンさんが小さな袋を渡してきた。

報奨金だ。

クエストをクリアすると金が貰える。

今まではガイチューたちに横取りされていたので、俺が貰うのは初めてだな。

もちろん、ありがたく受け取る。

袋を開けてみると、中には金貨がたんまり入っていた。

「すげえ！　こんなに貰えるんですか⁉」

「今回の依頼は魔石鉱山を持っている大貴族の方からだったので、報酬も多いんですよ。それに、お一人でクリアしたので、報奨金は全てレイクさんの物です」

「ほんとですか⁉　よっしゃー！」

「いえーい！　大金持ちね、ダーリン！」

これだけあれば、いいとこに引っ越せるぞ。

ということで、無事に終わったわけだが……。

Aランククエストを1個クリアしたところで、いきなり傭兵にはなれないよな。

こういう実績は地道に積み上げるしかないだろう。

新しいクエストを探すため、俺たちはボードの前まできた。

「もう少し依頼を眺めてみるか」

〔次は何にしようかしら〕

「とりあえず、高ランクのクエストをクリアしていくのがよさそうだな」

〔ねえ、みんながダーリンのことを見てるわ。鎧を着てても、ダーリンのカッコよさはわかってしまうのね〕

「なんだって？」

周りの冒険者たちが俺を見てコソコソ話している。

しまった。

兜は外しているが、他のアイテムは装備したままだった。

オーラがヤバい鎧や剣をつけてるヤツなんて、ここには一人もいない。

要するに、俺は完全に浮きまくっていた。

——あ、亜空間で待機！

慌てて念じると〝呪われた即死アイテム〟は消えた。

ふぅよかった、と思ったら、ギルドの中が急にザワつき始めた。

みんなして入口のほうを見ている。

「ブヒャヒャヒャヒャ！　ようやく見つけたぞ、この無能レイク！　お前のせいで、俺たちは散々な目に遭ったんだ！　どうしてくれんだ、このゴミ虫め！」

――うわぁ、ガイチューじゃん。

遠くから元メンバーたちがやってきた。

どう見ても俺のほうに向かっているんだけど。

面倒なヤツらに会っちまったぞ。

〔ねぇ、ダーリン。あの気持ち悪い人は誰？〕

「元パーティーリーダーのガイチューだよ」

〔なるほど、あいつがダーリンに迷惑をかけていたのね〕

ミウからゴゴゴ！　と、怒りのオーラが出てきた。

「な、なんの用だ、ガイチュー」

「このゴミ虫野郎、まだ生きてやがったんだな！　今度こそ、二度と動けない体にしてやるよ！

……へえ、随分とかわいい女を連れてんじゃねえか。おい、お前！　俺の女になりやがれ！」

ガイチューはミウをじっとり見ている。

鼻の下が伸びまくっていた。

気色悪いことこの上ない。

まったく、こいつに貞操観念はないのかね。

「なぁ、名前教えろよ。俺はこのギルドで一番強いんだぜぇ？」

ガイチューはミウに手を伸ばしていく。

「ふぅぅ……」

「ぶぎゃあああああああ！！！」

いきなり、ガイチューの体が燃え上がった。

あっという間に、全身が漆黒の炎で包まれる。

呪い魔神の世界を焦土に変える業火だ。

やがて、ヤツはどす黒い炎で焼き尽くされ……。

「ちょ、ちょっと、タンマ！　ミウ、殺すのはまずいって！　死んじゃうよ！」

「えぇ～……まったく、ダーリンは優しいんだから」

ガイチューを覆っていた炎が消えた。

俺は少しだけ安心する。

流石に、殺してしまうのは後味が悪いからな。

その代わり、ヤツご自慢の髪の毛はちりぢりになっていた。

もはや爆発頭みたいな髪型だ。

「みんな見ろよ！　一人だけ変な頭の野郎がいるぜ！」

「アハハ、ブサイクなツラにピッタリだな！」

「最先端のファッションかぁ？」

周りの冒険者たちは、ギャハハハハ！　と大笑いしている。

ガイチューはギルドに置いてある鏡を見ると、プルプル震えだした。

相当キレているらしい。

「何しやがる、この女ぁ！　ふざけんじゃねえ！　ぶん殴ってやるからな！」

「いい加減にしろ」

ガイチューがミウを殴ろうとしたので、俺はその腕を掴んだ。

そのまま、ギリギリと締め上げていく。

「ぐっ……てめえ、いつの間にこんな力を……！」

「もう早く帰ってくれ」

とはいえ、折ってしまうのはまずいよな。

どうしようか。

「へっ、調子に乗んじゃねえ！　戦闘力ゼロのクソゴミカス無能がよぉ！」

考えていると、ガイチューは俺の腹を蹴ってきた。

あの日と同じだ。

とっさに、俺は腹へ力を込める。

ガイチューの膝が当たったかと思うと……。

「おぎゃあああああ！　なんか、バキっていったあああああ！」

「ガイチュー様！　大丈夫ですか！」

ガイチューは足を抱えて床を転げ回っている。

〝呪われた即死アイテム〟はしまっても、【悪魔のポーション】の効果は残っているからな。

身体能力666倍だ、ただでは済まないだろう。

のたうち回るガイチューを見て、周りの冒険者たちは失笑している。

誰も助けようとしないのが、みんなからも嫌われている証拠だった。

「こ、この野郎！　覚えてろ！　今度会ったらただじゃおかないからな！」

「お大事に、ガイチュー」

「う、うるせぇ！　お前だけは許さないぞ！　このゴミ虫が！　ブヒャヒャヒャヒャヒャ！」

「ガイチュー様、お早く！」

「この仕返しは絶対にするから！」

「逃げるんじゃないよ！」

取り巻き女に抱えられ、ガイチューは泣きながら出ていった。

「やれやれ、困ったヤツらだ」

「止《とど》めを刺さないなんてダーリンは優しいわねぇ」

二人で話していたら、ギルドの中が歓声に包まれてきた。

ヒューヒュー、パチパチと、冒険者たちが拍手している。

「いいぞ！　俺たちもあいつらに心底ムカついていたんだ！」

「次会ったときは、それこそボコボコのグチャグチャにしてやれ！」

「いっそのこと、殺しちまってもよかったんだぞ！」
ガ、ガイチューたちはどこまで嫌われてたんだ……。

そう思っていたら、ミウがギュッと飛びついてきた。

キラキラした目で俺を見る。

「やっぱり、ダーリンは強いし頼りになるわ！　私を守ってくれたのね！　カッコいい！」

「や、やめなさい、ミウ。そんなにくっつくと周りの視線が……」

ミウをのけようとしていると、セレンさんとマギスドールさんもやってきた。

「だ、大丈夫ですか、レイクさん!?　大変でしたね！」

「レイク、ケガはないか!?　まったく、あいつらめ！」

二人とも激しく怒っている。

俺はいい人たちに恵まれたな。

「いえ、俺は大丈夫です。すみませんね、慌ただしくて」

「気持ち悪くて、変な人たちだったわ」

ガイチューたちもこれで懲りてくれればいいのだが……。

【間章：ガイチュー】

「クッソ！　これからどうすりゃいいんだ！」

俺たちはとりあえず宿に戻っていた。

だが、ここにいられるのも今日までだ。

家賃を払う金もないので出ていくしかない。

「どうして、こんなことになったんでしょう……」

「最悪の日々……」

「もう、田舎に帰ろうか……」

さっきから、女どもは塞ぎ込んでいる。

パーティーの雰囲気がこんなに暗いのは初めてだ。

「おい、そんなにシケた顔するなって！　今にまた金が入ってくるさ！」

俺は努めて明るく言った。

ここで孤立したら、それこそ冒険者人生が終わっちまう。

どうにかしないと……。

「でも、こんなんじゃクエストにも行けませんわ。武器がないんですもの」

「杖がないと強い魔法は使えない」

「私だって、せっかく作っておいた回復魔法水が取られてしまった」

俺たちは一エニもないし、なんのアイテムもない。

丸腰で討伐系クエストは流石に不安だ。

ゴブリンやスライムはザコもザコだが、万が一にもケガするとまずい。

ヤツらには毒攻撃だってある。

状況が悪くなったせいで、俺はだんだん弱気になってきた。

「まずは、採取系のクエストで資金を集めるのはどうでしょうか？　Fランクですから安全なはずです」

「それはいい案」

「私も賛成だ」

「ふざけんな！　今さら薬草集めとかできるかよ！　俺たちはAランクパーティーだぞ！」

ヒレツの提案に、俺は断固として反対する。

〈クール・ブリーズ〉は今が一番大事なときだ。

順調に難しい依頼をこなして、ようやくここまできた。

こんなところでFランククエストとかやってみろ。

とたんに信用を失いかねんぞ。

かといって、装備やら武器やらを新たに買う金すらない。

クエストへ行こうにも、まともに動けないのだ。

「ああ、ちくしょう！　レイクのゴミ虫め！」

思い出したらまたムカついてきたぞ。

――おっ？

ふいに、俺は名案を思いついた。

これはめちゃくちゃ危険な賭けだ。

しかし、成功すればかなりの大金が手に入る。

「お前らちょっと聞け。街外れの祠《ほこら》に、ネオサラマンダーが封印されているのは知っているよな？」

「ええ、それはもちろん知っていますわ」

「冒険者になるときはみんなギルドに教えてもらう」

「あの忌まわしい所業を知らない人はいないはずだ」

ネオサラマンダー――今から数十年前、グランドビールに大惨事をもたらした凶暴なSランクモンスターだ。

聞いた話だと、街の半分が焼け野原になったようだ。

当時のギルド総出で戦って、なんとか壊滅を防いだらしい。

今は街の外れにある、ルドシーの祠に封印されている。

討伐しようにも強すぎて倒せなかったのだ。

「ガイチュー様、どうしてそんなことを聞くんですの？」

「ネオサラマンダーを捕まえて、俺たちで売るんだよ。あいつを売れば金になるはずだ。世の中には物好きが多いからな。裏ルートに流せば、きっと高い値がつくぞ。一発逆転するんだよ」

相当危ないが、なかなかの名案だろう。

これなら現状を打破できる。

自信満々で伝えたのに、女どもはポカンとしている。

「ガ、ガイチュー様！　それはダメですよ！」

「絶対に解くな、といわれている封印！」

「大惨事になってしまう！」

みんないっせいに反論してきた。

ああだこうだの大騒ぎだ。

クソッ、予想以上に反発しやがるな。

ここにはヘタレしかいねえのかよ。

「うるせえ！　このまま引き下がれるか！　リーダーは俺なんだから、言うこと聞きやがれ！」

「ひぃいいいい！　お許しくださいいいい！」

ぶん殴るフリをすると、女どもは静かになった。

チッ、手間かけさせるんじゃねえよ。

従わないヤツは暴力で支配するのが一番だ。

「お前ら、そんなに騒ぐなって。ネオサラマンダーは長い間封印されているから、だいぶ弱っていると思うぞ」

ヤツはもう何十年も封じられている。

いくら強かろうが、流石に衰えているはずだ。

「でも……やっぱりよくないと思いますわ。やめましょうよ、ガイチュー様」

「封印を解くのはまずい」

「またネオサラマンダーが暴れたりしたら……」

だが、女どもは相変わらず、ブツブツ文句を言っている。

「うるせえ！　いつまでもグズグズ言ってんじゃねえ！　俺の言うとおりにしろってんだよ！」

「ご、ごめんなさいいいい！　わかりましたあああ！」

怒鳴りつけると、ようやく俺の言いなりになった。

まったく、世話のかかるヤツらだな。

「で、でも、アイテムも装備もないのに、どうやって捕まえるんですか？」

「大丈夫だ。警備のヤツらから奪えばいい。もしものために、対ネオサラマンダー装備を持っているはずだ」

ルドシーの祠では、交代で魔法使いやら戦士やらが見張っている。

封印の魔道具には定期的に魔力を供給しないとならんからな。

そこを狙って不意打ちすれば十分勝てる。

そもそも、俺たちはAランクパーティーだ。

ヤツらとそれほど実力差はない。

「そうと決まったら、すぐ始めるからな！　いくぞ、お前ら！」

「は、はい……」

準備もそこそこに、俺たちは宿屋を出ていった。

□□□

「よし、誰も後をつけてないな」

俺たちはルドシーの祠に着いた。

街外れにあるので人通りも少ない。

「ガイチュー様、ほんとにやるんですか？」

「もし失敗したら、ネオサラマンダーに殺される」

「私も怖くなってきた」

「なんだよ、ビビってんのか。ここまできたらやるしかないだろ」

物音を立てないよう慎重に進んでいく。

「おっ、早速何人かいたぞ。お前ら、静かにしろよ」

祠の奥に魔導士が二人と戦士が一人いた。

装備に対ネオサラマンダーの紋章がついているから、こいつらが警備隊だ。

全員、ぼんやりと光っている結界の前に立っていた。

だが、みんな何かに夢中だ。

おそらく、魔力注入に集中して周りが見えていないようだ。

これなら不意をつけば余裕で倒せる。

「オラァ！　くらいやがれ！」

「「え、えい！」」

「ぐあああ！」

「なんだ、お前ら！」

「し、侵入者だ……ぐはっ！」

特に抵抗されることもなく、警備のヤツらを倒した。

簡単には目覚めないだろう。

思いっきりぶん殴ったからな。

「ほお、これがネオサラマンダーか。へっ、思ったより小せえじゃねえか」

『キュルル』

結界の中には、トカゲみたいな赤いモンスターがいた。

両手にすっぽり収まりそうな大きさだ。

「ほんとにこいつが街を壊滅させかけたのかぁ？」

ネオサラマンダーの体からは、小さな炎がポツポツと出ている。

しかし、ロウソクの火のように弱々しい。

適当に水をかけるだけで消えそうだ。

「思っていたのと違いますわね」

「随分と小さい」

「確かに弱っているのかも」

「俺の言ったとおりだろ？　さてと、こいつを壊せばいいのか？」

結界の周りには鏡のような魔道具が置いてあった。

全部でちょうど四つだ。

〈バリアルミラー〉
ランク：S
能力：四つ揃えることで強力な結界を作る

この魔道具は中からの攻撃には強いが、外からの攻撃には弱い。

だから、壊すのは簡単だ。

「よし、いっせいに壊すぞ」

「「せーのっ！」」

俺たちはタイミングを合わせて、同時に魔道具を壊した。

結界が解かれ、ネオサラマンダーがするりと出てくる。

「いいぞ、後はこいつを捕まえるだけだ」

ゆっくりと手を伸ばしていく。

なんだ、思ったより簡単だったな。

『ガアアアアア！！！』

手が触れそうになった瞬間、ネオサラマンダーがいきなり巨大化した。

祠いっぱいに大きくなっている。

「な、なんだ⁉　突然でかくなったぞ⁉」

おまけに、ヤツの体から見たこともないような激しい炎が噴き出てきた。

周りの温度が一気に上がる。

『グオオオオオオオ！！！』

「うわあ！　な、なんだってんだよ！」

「「きゃあああ！」」

も、ものすごい熱風で顔が焦げそうだ。

ネオサラマンダーは俺のことをジッと見ている。

お、おい、何見てんだよ。

まさか、俺を……。

「だ、誰か、助けてくれー！　まだ死にたくねえよー！」

襲われるかと思ったが、ネオサラマンダーは祠を抜けて勢いよく外に飛び出ていった。

「た、助かった……」

命が助かりホッと一息つく。

捕まえ損ねたが喰われなくてよかったぜ。

安心していたら、女どもが震えているのに気づいた。

「おい、どうした、お前ら。ネオサラマンダーはもう行っちまったぞ」

「「ガイチューー様、あそこ……」」

「あ？」

既に街のほうでいくつも火の手が上がっている。

グランドビールは真っ赤だ。

風に乗って住民の叫び声も聞こえてきた。

「お、おい！　ネオサラマンダーがいるぞ！」

「はあ⁉　なんでだよ！　封印が解かれたのか⁉」

「早く態勢を整えろ……うぎゃあああ！」

遠くからでも、街が大変なことになっているのがわかる。

「……あれ？　結構ヤバくねえか？」

「「ガイチューー様、逃げましょう！」」

「そ、そうだな！　流石にヤべぇ！　いや、待て！」

俺の賢い頭には、またもや名案が浮かんだ。

「この騒ぎを利用して金目の物を盗むぞ！」

街は今パニック状態だ。

住民どもも逃げているはずだから、どの家も入り放題に違いない。

これなら大金が簡単に手に入る。

前から思っていたが俺は頭がいいなぁ。

「ガイチュー様、何を言ってるんですか!?」

「それは泥棒！」

「そんな場合じゃない！」

大チャンスだというのに、この期《ご》に及んでも女どもは反対しやがる。

「うるせえ！　うるせえ！　俺の言うことを聞きやがれ！」

「きゃあ！」

「引っ張らないで！」

「痛い！」

女どもを引きずって、大急ぎでグランドビールに向かう。

ここで一発逆転するんだよ。

□□□

「さてと、今日はどの依頼にしようかな」

俺とミウはギルドでクエストボードを眺めていた。

マギスドールさんも一緒だ。

「ここに書いてある、グリズリーの群れの討伐とかはどうだ？　大物ではないが、こういうのも経験しておくのは大事だぞ」

〔何匹いてもダーリンならすぐ倒しちゃうわ……ねえ、ダーリン。なんだか焦げ臭くない？　それに外も騒がしい気がするわよ〕

「焦げ臭い？」

そういえば、何かが燃えているような臭いがする。

大通りからは人の悲鳴も聞こえてきた。

「なんだろうね、ちょっと様子を見てみようか」

〔そうしましょう〕

「心配だ。俺も行こう」

俺たちはギルドの外に出る。

目の前には、見たこともない光景が広がっていた。

「マ、マギスドールさん！」

「なんだ、これは⁉」

〔街が燃えているわ！〕

そこら中から真っ赤な炎が上がっている。

辺り一面、火の海だ。

人々は逃げまどい、パニックが起きている。

やがて、ギルドの人たちも気づいたようで外に出てきた。

マギスドールさんが道行く人に大慌てで尋ねる。

「おい、何があったんだ！」

「ギルドマスター、大変です！　ネオサラマンダーの封印が解かれちまったらしいです！　ヤツは街中で暴れまくっています！」

それを聞いて心臓がドキッとした。

ネオサラマンダー……あの大惨事をもたらしたモンスターじゃないか。

「な、なんだって!?　こいつは大変だ！　お前ら、今すぐ戦闘態勢を整えろ！」

マギスドールさんは冒険者たちに向かって指示を出す。

「ネ、ネオサラマンダーが暴れているのか!?　勝てるわけねえ！」

「俺たちで討伐すんのかよ!?　無理に決まってる！」

「ビ、ビビってんじゃねえ！　や、やるしかねえだろ！」

今や、ギルドも大騒ぎだ。

「レイク！　ここは頼む！　お前たち、今すぐ住民の救助に向かうぞ！」

マギスドールさんは冒険者を引き連れて、急いで街中に向かっていった。

「ダーリン、ネオサラマンダーって何？」

「街の近くで封印されていた、超強いSランクモンスターだよ。どうして、封印が……」

解放された理由はまったくわからないが、考えている暇はない。

早く街の安全を確保しないと。

――〝呪われた即死アイテム〟こい！

瞬時に、俺はフル装備になる。

〔まずは火を消したほうがよさそうね。急がないとみんなが蒸し焼きになってしまうわ〕

「ネオサラマンダーから出ている火はただの炎じゃないんだ。水魔法が得意な人に消してもらわないと」

こいつの炎は特殊で、ただ水や砂をかけただけでは消えない。

相当な魔力を込めたSランク以上の水魔法でないとダメだ。

それが数十年前の大惨事を引き起こした大きな原因だった。

「どうして火が消えないんだ！　Aランクの水魔法だってのに！」

「頼む！　誰かSランクの魔法使いを連れてきてくれ！」

「クエストでいないよ！　クソッ、どうすればいいんだ！　このままじゃ、街が焼け野原になってしまうぞ！」

今も冒険者たちが消火を頑張っているが、炎が消える様子はまったくなかった。

ネオサラマンダーが強すぎるのだ。

「【闇の魔導書】に何かないか⁉」

〔そうね。雨降らしの魔法とかないかしら〕

俺たちは急いでページをめくっていく。

使えそうな魔法が絶対にあるはずだ。

「おっ、これならいけるんじゃないか!?」

《ダークネス・レイニー》
ランク：SSS
能力：あらゆる火魔法を無力化する雨を降らす

まさに、この状況にピッタリだ。

〔やりましょう、ダーリン！　あいつの炎も消えるはずだわ！〕

「よし、《ダークネス・レイニー》！」

俺が魔法名を叫ぶと、みるみるうちに空が黒くなってきた。

ポツポツと大粒の雨が降ってくる。

やがて、どしゃ降りになり、ネオサラマンダーの炎がどんどん消えていった。

その様子を見て周りの人たちが驚いている。

「す、すごい……俺たちじゃ、まったく消せなかった火があっさり……」

「なんだよ、あいつ……あんなに強いヤツが、ギルドにいたのか……？」

「こんな魔法見たことないぞ……どうすれば、このレベルの魔法が使えるんだ……」

火が消えていくにつれ、街も落ち着きを取り戻してきた。

冒険者たちが避難誘導している。

これで、とりあえずは大丈夫そうだ。

となると、次はネオサラマンダーだな。

「火事はこのまま収まるはずだ。ネオサラマンダーはどこにいるんだろう？」

〔まだこの近くにいるのは間違いないだろうけど〕

「ぐあああ！　助けてくれぇえ！」

探しに行こうとしたとき、男の人の叫び声が聞こえてきた。

「誰かが襲われているぞ！」

〔急ぎましょう！〕

声がしたほうに大急ぎで向かう。

――それにしても、どこかで聞いたことがあるような声だな。

少し走ると、広場にネオサラマンダーがいた。

離れていてもすごい熱さを感じる。

数人の男女が壁に追いつめられていた。

「ちくしょう！　この野郎、あっちに行け！」

「ああ、もうダメですわ！」

「まだ死にたくない！」

「熱いー！　誰か、助けてー！」

俺も知っている男とその取り巻きが、ネオサラマンダーに喰われそうになっている。

「ガイチューたちじゃないか、どうしてここに」

〔あのまま食べられちゃえばいいわ〕

よくわからないが、ヤツらは色んな物を抱え込んでいた。

高そうなアイテムや装備、それにたくさんの金貨だ。

「何やってるんだ、あいつら」

〔きっと、色んな家から盗んでいるのよ。要するに火事場泥棒ね〕

なるほど、ガイチューたちならやりかねない。

〔なんてひどいヤツらだ〕

〔あんな人たちほっといていいんじゃない？〕

「いや、そういうわけにはいかないよ」

目の前で見殺しにするのは流石にかわいそうだ。

「おーい、ネオサラマンダー！　俺が相手だー！」

大声で叫んでいると、ネオサラマンダーはこっちを向いた。

その目はビキビキに血走っている。

久しぶりに外へ出て気が立っているようだ。

『グオオオオオオオ！』

俺をチラッと見ただけで勢いよく突進してきた。

こいつは本当に凶暴な性格だ。

「よっと」

紙一重で躱し、【悪霊の剣】をその背中に突き刺す。

『グギャアアアア！！！』

その瞬間、ネオサラマンダーの体が真っ二つになった。

血がドバドバ出ている。

即死だ。

激しい炎も消え、ただのでかいトカゲになっちまった。

「ダーリンは強いわねぇ」

「しかし、〝呪われた即死アイテム〟は本当にすごいな。ネオサラマンダーでさえ秒殺なんだから」

ガイチューたちは唖然《あぜん》としている。

顎《あご》が地面につきそうなほど大きく口を開けていた。

まぁ、軽く声でもかけとくか。

「だ、大丈夫か？」

「ありがとうございます！　俺、めっちゃ怖かったです！　おかげで助かりました！　ダーリン様と仰るのですか⁉」

「あなた様は命の恩人ですわ！」

「こんな強い人は初めて！」

「いくら感謝してもしきれない！」

ガイチューたちが泣きながらすがりついてきた。

鼻水がダラダラしていてとても汚い。

――いや、ダーリン様って誰だよ。

……そうか、【怨念の鎧】を着ているから俺だとわからないのか。

兜で顔が隠れているしな。

「ちょ、ちょっと離れろ」

「「うっうっ、ダーリン様ああ！」」

そのうち、徐々に人が集まってきた。

建物の陰から俺たちの様子をうかがっている。

ネオサラマンダーの死体を見るや否や、いっせいに駆け寄ってきた。

「すごい！　あなたがやっつけてくれたのか⁉」

「ネオサラマンダーが真っ二つじゃねえか⁉　いったい、何をどうしたらこうなるんだよ⁉」

「さっきも不思議な雨で火を消してくれたよな！　お前は街の英雄だ！」

俺は歓声に包まれる。

人だかりの中から、魔法使いや戦士のような三人の冒険者が出てきた。

全員、胸には立派な紋章をつけている。

ネオサラマンダーは俺がもう倒しました……と言おうとしたら、彼らはガイチューたちの前に立った。

皆、険しい顔をしながらこっちに近づいてくる。

「たぶん、対ネオサラマンダーのチームだ」

〔あの人たちは誰かしらね？〕

「貴様ら、なんてことをしてくれたんだ！　祠の封印を解きやがって！　どうしてくれるんだ！　大変なことになってしまったぞ！」

リーダーらしい人が激しく怒鳴ると、広場は罵詈雑言《ばりぞうごん》の嵐に包まれた。

「祠の封印を破った⁉　何やってんだよ、こいつら！」

「そんなことしたら、ネオサラマンダーが大暴れするだろうが！」

「お前らはマジもんの愚か者だな！」

住民は今にもガイチューたちを襲いそうだ。

しかし、当の本人たちは反省の意志も見せない。

「はぁ⁉　ふざけんじゃねえ！　濡れ衣だ！　どこに証拠があるんだよ！」

「そ、そうです！　言いがかりですわ！」

「私たちはやってない！」

「適当なことを言うな！」

ガイチューたちは何がなんでも否定するようだ。

「警備の冒険者がウソを吐くわけないのに」

〔ほんとにねぇ〕

俺もミウも呆れ返っていた。

「黙れ！　言い逃れできると思うな！　全部記録されているんだぞ！　お前らがしたことは大罪だ！

今、証拠を見せてやる！　この者たちの過去を表したまえ……《プレーバック》！」

魔法使いが呪文を唱えると映像が映しだされた。

ルドシーの祠の中だ。


（オラァ！　くらいやがれ！）

（よし、いっせいに壊すぞ）

（せーのっ！）

（この騒ぎを利用して金目の物を盗むぞ）


そこにはガイチューたちが警備の冒険者を襲い、魔道具を壊す様子まで鮮明に映っていた。

こいつらがネオサラマンダーの封印を破った挙句、略奪までしていたのは明白だ。

「「こ、これは、その……そんなつもりじゃ……」」

街の住人はガイチューたちをものすごく怖い目で睨んでいる。

まったく、困ったことをしてくれたな。

【間章：ガイチュー】

「お前たちは、街を守るのが仕事だろが！　なんてことをしてくれたんだ！」

「「うっ……」」

マギスドールの怒鳴り声がギルド中に響き渡る。

俺たちは太い縄で縛り上げられていた。

ギッチギチに締めつけられていて体中が痛い。

少し離れた所には、ダーリン様が立っていた。

ネオサラマンダーから俺たちをお救いくださった方だ。

鎧兜で表情は見えない。

「死人が出なかったのが奇跡なくらいだ！　レイクがすぐに消火してくれたからよかったものの、街の被害は甚大だ！」

マギスドールは、なぜかダーリン様をレイクと呼んでいる。

たぶん、下の名前なんだろうな。

あのゴミ虫と同じなんて面白い偶然だ。

「まずは、この縄をほどきやがれよ……」

「痛くてしかたないですわ……」

「頼む……」

「暴れたりしないから、せめてもっと優しく……」

俺たちは息も絶え絶えにマギスドールに頼み込む。

とにかく体が痛いんだ。

「そんなことが言える立場か!?　調子に乗るな！」

頼んだだけで、ものすごく怒鳴られた。

流石の俺たちも震え上がる。

「お前らがしたことをその目でよく見てみろ！」

「い、いてえな！　やめろよ！」

「「や、やめて！」」

「うるさい！」

俺たちは乱暴に押されながら窓の近くへきた。

「この惨状を見ても、まだふざけたことが言えるのか!?」

「「そ、それは……」」

ここからは街の様子がよく見える。

辺り一面、黒焦げだった。

ほとんどの建物は壊れかけていてボロボロだ。

かろうじて形を保っている。

「こんなんじゃ、危なくて誰も住めないぞ！　みんなで何十年もかけて復興してきたというのに！

これでは後戻りじゃないか！」

「「ぐっ……」」

俺たちはマギスドールの言うことに、まるで反論できなかった。

――ちくしょう、どうすればいい？

やがて、他の冒険者や住民もいっせいに罵倒してきた。

「街をこんな廃墟にしやがって！　責任取れ！」

「お前たちのせいでこんなことになったんだよ！　直せ！　弁償しろ！」

「今さら普通の人生が送れると思うな！」

ヤツらは見たこともないくらい怒っている。

今にも俺たちを殺しそうなほどだ。

――こ、これ、結構ヤバくないか？

今になって俺は、自分が大変なことをしたとわかってきた。

ネオサラマンダーの封印を解くという大罪を犯し、そのおかげで街は半壊。

しょ、処刑されるかもしれん。

死の恐怖にかられ、俺たちは謝りまくる。

「こんなことになるとは俺も思わなかったんだよ！　もう二度としないから見逃してくれ！」

「どうか許してください！」

「復興作業を頑張るから！」

「私たちは改心した！　これからは街のために尽くす！」

ここまできたら、ひたすらに謝罪するしかない。

なんとかしてこの場をやり過ごすんだ。

「「見逃すわけないだろ！」」

懇願も虚しく、すぐさま怒鳴りつけられた。

い、いったいどうすればいいんだよ。

わずかな希望を抱いて、チラッとダーリン様を見る。

お願いです、助けてください……。

〔この魔法ならいいんじゃない？〕

「そうだね」

ダーリン様は銀髪女と分厚い本をめくっている。

見るからにすごそうな本だ。

そういえば、あの女は無能レイクと一緒にいたヤツだ。

なんでダーリン様といるんだ？

そうか、レイクは取られちまったわけか。

まぁ、あんだけ強ければしょうがないな。

ざまぁみろ、ゴミ虫レイクめ。

「俺ならどうにかできるかもしれません。街全体の建物を修理できる魔法があります」

そこで、あのダーリン様が出てきた。

——街全体を修理する？　そんなことできるわけがない。

「いや、いくらレイクでも流石にそれは無理だろう」

マギスドールでさえ不思議な顔をしている。

「レイクさん、お気持ちだけでありがたいです」

「私だってそのような魔法は聞いたことがありませんよ」

「ネオサラマンダーを倒してくださっただけで十分すぎるくらいです」

周りのヤツらも同じような反応だ。

まぁ、当然だろう。

それほど強力な魔法なんてこの世に存在しないからな。

「いえ、まぁ、ちょっとやらせてください」

ダーリン様は構わず窓へ近づいていく。

「そ、そうか？　そこまで言うなら止めはしないが……」

「ありがとうございます、マギスドールさん。では、早速始めますね。《ダークネス・リペア》！　範囲はこの街全体！」

ダーリン様が喋《しゃべ》ったとたん、壊れた建物が淡い緑の光に包まれた。

——な、何が起きているんだ？　呪文も唱えずに魔法を使っているだと？　ありえないだろうが。

がれきが建物にくっついては元どおりになっていく。

黒焦げも消え、あっという間に新築のようになってしまった。

し、信じられん……。

ギルドの連中もポカンとしている。

「すごーい、ほんとに全部直っちゃったわ」

「まぁ、これで大丈夫だと思いますよ。ついでに、前より頑丈にしておきました」

とんでもない魔法を見せたのに、ダーリン様は至極あっさりとしている。

ああいうのを本当の強者っていうんだろうな。

「な、なんてことだ……いとも簡単に街が直ってしまったぞ！」

「こんな素晴らしい魔法があるなんて！」

「す、すごすぎる！」

ギルドの中は拍手と歓声で包まれた。

みんな、ダーリン様の周りで大喜びしている。

その様子を見て俺はちょっとホッとする。

――この感じなら許してくれそうだな……。

「さて、街は直ったが、お前たちの罪は消えないからな」

マギスドールに言われドキッとする。

そして、ヤツは衝撃的なことを言ってきた。

「ガイチュー、お前たちはワーストプリズン島行きだ！」

――な……んだって……ワーストプリズン島……？

絶海にあるといわれている、大罪人を閉じ込めている島じゃないか。

監獄とは名ばかりに、囚人たちは人扱いされないらしい。

「イ、イヤだ！　頼む、勘弁してくれ！　それ以外のことだったらなんでもするから！」

「ワーストプリズン島だけはやめてください！」

「それは最悪の選択肢！」

「他の罰にしなさい！」

俺たちは大声で騒ぎまくる。

ワーストプリズン島行きなんて死んだも同然だ！

「黙れ！　当然の報いだ！　お前たち、こいつらを連れていくんだ！」

「「や、やめてー！」」

抵抗むなしく、俺たちは連行されていく。

だが、ダーリン様の前を通ったとき、俺は全身の力を振り絞って抵抗した。

「「おい、コラ！　早くしろ！」」

「ぐっ……！　せ、せめて……あなた様のお顔を見せていただけませんか？」

この方は命を救ってくれたのだ。

最後に顔だけでも見ておきたい。

「わかった」

ダーリン様はゆっくりと兜を外していく。

俺は緊張してきた。

いったいどんな人だろう。

きっと傷だらけで、歴戦の勇者って感じなんだろうな。

……あれ？

そういえば、この声はどこかで聞いたことがあるような……。

「ガイチュー、自分たちの罪をしっかりと償え」


…………………………は？

目の前のことが信じられなかった。

女どもも驚きの表情だ。

「レ、レイク……？」

「どうして、兜の下からアンタが出てくる？」

「その鎧や本はいったい……？」

レイク？

なぜあいつがこんな所にいるんだ？

どうして、お前は鎧なんか着ているんだよ。

ダーリン様はどこに行ったんだ。

なんで、なんで、なんで？

「俺はお前たちに追放された後、隠し部屋で〝呪われた即死アイテム〟を見つけたんだよ。この鎧や魔導書もそうだ」
レ、レイクは何を言っているんだ？
こいつの言葉がわからない。

いや、待て。

落ち着いて呼吸を整える。


——つまり、ダーリン様は…………レイクだったってこと？　俺はレイクに命を救われたの？　あの馬鹿にしていたゴミ虫に？

「ふざけんなあああ！　そんなわけないだろおおおお！　レイク、貴様あああああ！」

とんでもない屈辱を感じ、めちゃくちゃに暴れ回る。

絶対に信じないぞ！

これはきっと悪い夢だ！

「おい、暴れるな！」

「みんなで取り押さえろ！」

「やっぱり、こいつは危険な男だ！」

屈強な冒険者たちがいっせいにのしかかり、ものすごい力で俺を押さえつけてきた。

「や、やめっ……！」

「さようなら、ガイチュー」

遠のいていく意識に、レイクの言葉が届く。

——なんで……なんでレイクが!?　ふざけんな、俺はまだ……。

憎しみを抱きながら、俺は暗がりへと落ちていった。

□□□

「うっ、ここは……？」

目が覚めると暗い所にいた。

空気はじっとりして不快感マックスだ。

ぼんやりしていると、ぐすぐす泣く声が聞こえてきた。

俺の女どもだ。

なんだ、いたのかよ。

ほんの少し安心する。

「おい、お前ら。ここはどこだ」

「『……ワーストプリズン島』」

「なん……だって？」

よく見ると、目の前に鉄格子がある。

かなり頑丈でとても曲げられない。

ようやく、俺は状況がわかってきた。

ここは……牢屋だ。

「な、なんで俺たちがこんな所にいるんだよ!?　何かの間違いじゃねえのか!?」

「ほんとにわからないのですの!?」

「アンタのせいで街が壊滅しかけたからに決まってる！」

「どうしてくれんだ！」

女どもがいっせいに摑みかかってきた。

な、なんだよ、こいつら。

全員目が血走っていてめちゃくちゃ怖い。

「うるさいぞ！　静かにしろ！」

騒ぎを聞きつけて、看守たちがやってきた。

「おい、俺をここから出せ！」

すぐさま鉄格子に張り付く。

こいつを脅してここから出てやる。

「うるせぇ！　静かにしやがれ！」

「出すわけねぇだろ、ゴミ虫が！」

「お前らは死ぬまでここで暮らすんだよ！　命があるだけ感謝しろ！」

看守たちは罵詈雑言を言うと、すぐにいなくなってしまった。

「私たちは一生このままですわ……」

「こうなったのもガイチュー様……いや、ガイチューのせいだ！」

「そうだそうだ！　今まで下手に出てれば調子に乗って！」

あろうことか、女どもが俺に逆らってきやがった。

「なんだと、コラァ！　お前ら俺に……！」

「アンタのせいで人生がめちゃくちゃよ！」

「もう我慢できない！」

「死ね死ね死ね！」

「うわっ！　やめろ、お前ら！　いてっ！　や、やめて！」

女どもに蹴られ殴られ引っ掻かれ、瞬く間に全身がボロボロになる。

クソッ、どうしてこうなったんだ。

そうだ、レイクを追放してからおかしくなったんだ。

今思えば、解呪に関してはあいつは誰よりもすごかった。

呪いを気にせず戦えていたから、Aランクまでこれたんだ。

まさか、あんなに強くなるなんて。


——あいつを追放したりしなければ……。

ボカスカ殴られながら、俺はいつまでも後悔していた。

□□□

「レイク・アスカーブ！　貴殿をグランドビールの英雄としてここに称《たた》える！」

「あ、ありがとうございます」

「「わあああ！　レイク！　レイク！　レイク！」」

ネオサラマンダーの討伐が終わり、ギルドで俺の表彰式が開かれていた。

俺は街の救世主ということらしい。

傭兵としてのんびり生きるつもりだったので、ちょっと分不相応な感じがする。

「レイクさーん！　こっちを向いてー！」

「救世主様ー！　街を救ってくださってありがとうございますー！」

「あなたは最高の冒険者です！　死ぬまで称え続けます！」

「『レイク！　レイク！　レイク！』」

街中の人が集まっており、ギルドのロビーはぎゅうぎゅうだ。

みんな、俺のことを一目見ようときていた。

「ダーリン！　素敵よー！」

「レイクさーん！　本当にありがとうー！」

ミウやセレンさんも嬉しそうに手を振っている。

俺もアハハと手を振り返した。

残念ながら、こんなに褒められるのは慣れていない。

さっきから恐縮しっぱなしだ。

「レイク。今日をもって、お前をSランクに昇格する！」

マギスドールさんは思ってもみないことを言ってきた。

「ほ、本当ですか!?　でも、俺はまだFランクですよ？　一気にランクをすっ飛ばして、昇格なんてできるんですか？」

「もちろん、これは特例だ。だが、お前の活躍を見たら誰も疑問に思わないさ」

周りを見ると、冒険者や住民たちは笑顔で大きな拍手を送ってくれた。

じわじわと少しずつ実感が湧いてくる。

――本当に、俺はSランクになれたんだな……。


「俺、めちゃくちゃ嬉しいです」

「お前はギルドで一番の冒険者だ。こいつを受け取ってくれ」

そう言うと、マギスドールさんは豪華な盾を渡してきた。

戦闘用じゃなくて飾る用だ。

小さいけど金色に輝いていてとても眩しい。

この盾はある大事な意味を持つ。

各地のギルドでは、偉大な功績を成し遂げた者に特別な品を贈っていた。

抱えているだけで嬉しさと喜びがあふれてくる。

「マギスドールさん、まさかこれは……」

「みんなと考えたが、お前にギルドのエースを任せたい。言っておくが、一人も反対しなかったからな。これからも他の者たちのお手本になってくれ」

「ありがとうございます！　俺がエースになれるなんて、想像すらしていませんでした！」

俺は他の冒険者たちを導いていく存在として、マギスドールさんに、みんなに認められたのだ。

「やったー！　新しいエースの誕生だー！」

「これでグランドビールは一生安泰だぜ！」

「なんといっても、エースが二人もいるんだからな！」

ここのエースは他には勇者しかいない。

つまり、俺は勇者と肩を並べるまでに成長した、ということか。

――こんなに強くなれるなんて……。

感慨深かった。

これも全部ミウのおかげだ。

彼女に出会ったから今の俺があるんだ。

ちゃんと感謝しないとな。

こっそりミウを見る。

バッチリと目が合った。

「あと、これはグランドビールから心ばかりのお礼だ。レイク、受け取ってくれ」

マギスドールさんは盾の他にも、大きな箱を渡してきた。

なんだろう、とてもずっしりしているぞ。

ミウと一緒に開けてみると、金貨や宝石がてんこ盛りだった。

「わぁ、すごいわねぇ！　キレイな物がいっぱい！」

「あの、マギスドールさん。なんか高そうな物がいっぱいありますけど……」

「全部でだいたい一億エニある」

「い、一億!?　そんな大金貰えませんって！」

慌てて箱をマギスドールさんに返す。

いくら街を救ったからって、流石に貰いすぎだろう。

「いや、受け取ってくれ。お前が倒してくれたネオサラマンダーがかなり高く売れてな。ほとんどは素材を売った金なんだ。もちろん、ギルドや住民からのお礼も入っている。みんな、お前に感謝しているんだよ」

ネオサラマンダーは結局素材として売却したのだ。

マギスドールさんに全部任せていたが、うまく売ってくれたらしい。

「わかりました。そういうことでしたらありがたく頂きます」

「よかったわね、ダーリン」

丁寧にお礼を受け取る。

とても嬉しいが、それより死人が出なくて本当によかった。

あれだけのモンスターだ。

あのまま放っておいたら、何人もの死者が出ていただろう。

「それにしてもレイクはすごいな！　Fランクから一気にエースにまでなったのは、お前が初めてだぞ！　たぶん、冒険者制度が始まって以来じゃないか？」

「ええ、自分でも信じられないです」

普通なら、冒険者ランクは一個ずつ上がるものだしな。

俺は色々規格外すぎるようだ。

「じゃあ、早速宴だ！　お前ら、準備はいいか⁉」

「「おおおー！」」

マギスドールさんの一声で盛大な宴が始まった。

前から準備をしていたようで、ギルドの酒場も豪勢に飾りつけられている。

陽気な音楽が流れ、踊り子たちが踊り始めた。

「じゃあ座ろうか、ミウ」

「ええ、それにしても立派なイスね」

俺たちは用意された席に座る。

王様が座るようなめっちゃ豪華なイスだ。

一息つく間もなく、いっせいに人が集まってきた。

「まさか、レイクがこんな力を隠していたなんてな！」

「お前のおかげで街は救われたよ！　ありがとう！」

「あなたがいてくれればこの先もずっと平和ね！」

みんな、口々にお礼を言ってくれる。

やっぱり、他人に感謝されるのはいいな。

いくら強かろうが、力を振るうだけじゃモンスターと変わらない。

「さ、レイク殿！　うちで作った最高品質のワインでございます！」

「こちらは最高級の牛肉で焼いたステーキです！」

「これは異国から取り寄せた希少な果物ですよ！」

住民たちが食べ物や飲み物をどんどん持ってくる。

どれもこれも、アイテムでいうとSランクの代物だ。

「こんなにたくさんありがとうございます。でも、俺は自分にできることをしただけですよ。それに、
ミウや他の人たちも助けてくれたので」

ネオサラマンダーは俺一人で倒したわけだが、手柄をひとり占めするつもりはなかった。

「レイクさんは素晴らしい！　謙遜なさるなんて！」

「もっと偉そうにしていいんですよ！」

「あなた様が一番強いのですから！」

みんな、とてもにこやかに笑い合っている。

こちらまで嬉しくなるほどだ。

「さあ！　今日はレイクの健康と活躍を祈って、朝まで踊り明かすぞ！」

「「よっしゃー！」」

その日はずっと、どんちゃん騒ぎが開かれていた。

俺たちが宿屋に着いたのは、朝日が昇り始める頃だ。

いつものように、ミウとベッドへ入る。

「今日は楽しかったな、ミウ」

「ええ、私がこんなふうに過ごせるのもダーリンのおかげよ。ありがとね」

ミウは俺の手をギュッと握ってくる。

その手は温かく、これからもずっとミウと一緒に過ごしたいなと思った。

「朝起きたら引っ越し先でも探すか。早いほうがいいからな」

「私たちの愛の巣探し、ってことね！」

「いや、愛の巣ってわけじゃ……ごにょごにょ」

「ついでに買い物も行きましょう。新居で暮らすのなら家具とか必要だわ」

「それもそうだな。なら、買い出しもしよう」

金も入ったことだし色々買えそうだ。

だとすると、部屋のレイアウトも考えないとな、テーマカラーとか。

寝ながら頭の中で考えをめぐらす。

やっぱり、ここは黒だろ。

黒いカーテンに、黒い家具に……よし、あの休憩室を真似しよう。

ロウソクも買わんと。

明日は忙しくなりそうだ。

あれこれ考えているうちに、俺は眠っていた。

■第三章：勇者と魔族の襲来■

「どこかにいい家はないかな？　どうせならでかい屋敷に住みたいぞ」

「私も広い所がいいわ。まぁ、ダーリンと一緒ならどんな家でもいいけどね」

「だから、くっつくなって」

翌日、俺たちは街に出ていた。

もちろん、新しい家探しのためだ。

「う～ん、なかなか見つからないわね」

「こんなに家があるのにな」

そうなのだ。

探せど探せど、俺たちの希望に合う物件がない。

もっと簡単に見つかると思っていたが、少々舐《な》めていたかもしれん。

それに早く決めて帰りたかった。

街の人たちがしきりに、握手やらサインやらを求めてくるのだ。

「おっ、ちょっとこの店に入っていいか？」

「いいわよ。へぇ、色んな家具が売っているわね」

途中、俺好みの家具屋があったので少々寄り道する。

「こんにちは、少し見せてください」

「グゥ……はいはい、いらっしゃい。って、レイクさん⁉　どうぞどうぞ、好きなだけ見てくださ
い！」

なんか店主は半分寝ていた。

だが、俺を見た瞬間、猛スピードでやってきた。

軽く眺めるつもりだったのに、ぐいぐい引っ張ってくる。

まぁ、せっかくだからいいか。

しかし、中に入るや否や予想外に興奮してきた。

——な、なかなかいい店じゃないか。

漆黒のカーテンに、黒塗りされたテーブル、イカつい飾りのついたイスなんかは、魔王城に置いて
そうな雰囲気だ。

おまけに、例のロウソクまであるじゃないかよ。

「はぁはぁ……なんて素晴らしい品揃えなんだ」

〔やれやれ〕

恍惚《こうこつ》として見ていると、店主が嬉しそうに近づいてきた。

「どれも特注の品でございますよ。レイクさんならサービスいたします」

「よっしゃ！　カーテンもテーブルもイスも、全部買うぞ！」

金ならいくらでもあるんだ。

いっそのこと、店ごと買ってしまえ！

一人で盛り上がっていたら、ミウに服を引っ張られた。

〔ねえ、ダーリン。家を決める前に買ってどうするのよ〕

「……確かに」

ミウの言うとおりだ。

普通は順番が逆だろう。

〔そして、ダーリンったら黒いの選びすぎじゃない？　家の中が真っ黒になってしまうわよ〕

「そうかぁ？　俺は最高にカッコいいと思うのだが。そういや、店の前にも色々並んでたな。ちょっと見てこよう」

〔もう〕

店の前にもかなりセンスのいい小物が売られていた。

ドラゴンが巻きついた剣のミニチュアとかだ。

「なんだ、これ!?　めっちゃカッコいいじゃないか！」

〔ダーリンって、こういうの好きねぇ〕

しかも、いじくっていると剣が抜けた。

「す、すげえ！　本物みたいだ！」

感動に胸が震える。

――こんな小さいのに、技術が詰まっているなんて……。こいつはコレクションの一軍いきだな。

「おい、そこの君！」

この店は行きつけにするか。

「おい、聞いてるのか⁉」

「え？　……ってうわっ！」

誰かに呼ばれ後ろを振り返ると、めちゃくちゃ驚いた。

勇者のセルフィッシュ・エゴーじゃないか。

グランドビールにいるもう一人のエース。

金髪碧眼で、どこかの王子様といわれても不思議じゃない見た目だ。

その周りには名の知れた冒険者たちが集まっていた。

「ほんとに、こんなヒョロッヒョロがエースなのかぁ？　俺には信じられんな」

大盾使いのギダツイル。

短い黒髪の筋肉男って感じだ。

鋭い目つきで俺を睨《にら》んでいた。

「見るからに幸薄《さちうす》そうな顔です。早死にしないといいですが」

ヒーラーのリリカーバ。

ジト目で無表情だけど、俺をかなり軽蔑しているのが伝わってくる。

「しかも解呪しか使えないんでしょ？　冒険者の才能がないってことよ」

女魔導士のザドゥーイ。

魔女みたいな帽子からオレンジ色の髪が見えていた。

もちろん、こいつも俺を見下している。

——いや、マジか。初対面でこんなに言われるのかよ。

こいつらはギルドで一番の冒険者パーティー、〈グローリ・トュー・アス〉。

メンバー全員Sランクの超強いヤツらだ。

特別な任務に出たと聞いていたが戻ってきたのか。

ミニチュア剣を持ったまま勇者の面々を見ていると、住民たちも彼らに気づいたらしい。

「みんな、見てみろよ。勇者パーティーだ」

「セルフィッシュ様はやっぱりカッコいいな」

「いつ見ても素敵でございますわぁ」

知らないうちに人だかりができていた。

セルフィッシュは群衆に向かって、にこやかに手を振っている。

女の人たち（ミウ以外）はキャーキャー言っていた。

「見てのとおり、僕はとても人気者なんだ。こんな僕に話しかけられるだけでも感謝したまえ」

「は、はぁ……」

おいおいおい、いきなりとんでもないことを言ってきたぞ。

こんなヤツが勇者なのか。

ミウが呆れたように話しかけてきた。

「また変な人たちと会っちゃったわね。なんだか、リーダーはとても威張っているし」

「エゴー公爵家っていったら、カタライズ王国の三大名家だからな。血筋に恵まれ、才能に恵まれ……ある程度は自信過剰になってしまうんだろうよ」

まぁ、気持ちはわかるが、流石に偉そうすぎやしないかね。

「聞いたぞ。つい最近、君はエースになったとね。この街に、二人もエースはいらん。ましてや、Fランクから一気にSランクへ昇格したらしいな。どんなズルをしたかはわからないが、僕が成敗してやろう」

「いや、俺は何もズルはしていないし、成敗される筋合いもないのだが……」

「言い訳無用！」

どうやらセルフィッシュは、俺がズルをしたと決めつけているらしい。

「いいかい？　君と僕はね、実績が全然違うのさ。ネオサラマンダーの討伐なんて、比べ物にならないくらいいね」

セルフィッシュは、とても聞いてほしそうな顔をしている。

俺が尋ねるのを嬉々として待っているようだ。

「な、なんだそれは？」

しょうがないから聞いてやった。

「そこまでして聞きたいのなら教えてやろう。大聖女セインティーナ様の護衛を勤め上げたんだ。〝神聖霊教会《しんせいれいきょうかい》〟からここにくるまでの、それはそれは過酷な旅路をね。君みたいな平和ボケした庶民は忘れているだろうが、そろそろ防御結界のエネルギー充塡《じゅうてん》が必要なのさ」

そういえば、教会から大聖女さんがくるとかなんとか言っていたな。

「ダーリン、ここには結界があるの？」

「ああ、グランドビール全体をぐるっと囲むようにな。モンスターから街を守ってるんだ」

「セインティーナ様も、お前のような素人がエースだと知ったらさぞかし残念だろうよ。そして、哀れなお前に捕まった天使を僕が解放してやろう。この僕、セルフィッシュ・エゴーがね」

「天使？　いきなり、何を……」

そう言いかけたとき、セルフィッシュが何かをじぃっと見ているのに気づいた。

ヤツの顔周りはキラキラ光っていた。

――な、なんだ？　どうした？　なんとなく想像はつくが、きっと違うよな。

セルフィッシュの視線をゆっくり追う。

その先にいる人物を見たとき思わず天を仰いだ。

こいつもミウ目当てかよ……というか、天使ってなんだし。

どこまでキザな野郎なんだ。

「この情けない男に拘束されているんだろう？　かわいそうに……さあ、僕が汚い鳥籠《とりかご》から解き放ってあげるよ」

「気色わるー」

セルフィッシュはさりげなくミウの手を触ろうとするが、彼女はひょいっと引っ込めた。

ガイチューといい、こいつといい、この街には貞操観念ないマンが多すぎないか？

「ふんっ、まあよかろう。向こうの小さな森に少し開けた場所がある。そこで勝負といこう」

「いや、なんだよ、勝負って」

「勝者がそこにいる天使を貰うのだ」

「おい、ミウは物じゃないぞ」

セルフィッシュはミウを物みたいに扱うのでだんだんムカついてくる。

ミウが小声で話してきた。

〔ダーリン。こういうヤツは一度ぶちのめしたほうがいいわよ〕

「そうだな。しっかり戦ったほうがむしろいいかもしれない」

この先もこいつらにちょっかいを出されるのは面倒だ。

力の差を見せつければ、勝手にどこかへ行くだろう。

「貴様、何をコソコソ話している。僕の申し出を断るのか？」

「わかった、お前と戦おう。その代わり、俺が勝ったらもう絡んでくるなよ」

「もちろん、いいだろう」

ということで、俺たちは森までやってきた。

「あれ、セルフィッシュ様とレイクさんじゃね？」

「なんか、今にも戦いそうな雰囲気だな」

「マジか！　こりゃ見ものだぞ！」

森の中なのに、住民や冒険者たちが集まっている。

どうやら、俺たちの後をついてきたらしい。

「さあ、始めようか。周りを見れば鈍い君もわかるだろう？　みんな僕を応援しているのさ」

ギャラリーがいっぱいなので、セルフィッシュは嬉しそうだった。

「セルフィッシュ、そんなヤツ瞬殺しろ！」

「格の違いを見せてやりなさい！」

「コテンパンにしてやるのよ！」

相変わらず、ヤツのパーティーメンバーは俺を罵倒する。

セルフィッシュの圧勝だと信じているようだ。

「ダーリン、頑張ってー！」

「あ、ああ……」

俺と勇者のバトルが始まるのだが……正直なところ、どうやって戦おうか迷っていた。

〝呪われた即死アイテム〟はオーバーキルも過ぎるからだ。

「まぁ、どんな武器を出そうが、僕の〈勇者の剣〉には勝てないさ。この僕だけが使える伝説の聖剣にはね」

そう言うと、セルフィッシュはドヤ顔で剣を掲げた。

白い刀身に金の柄が特別感を出している。

〈勇者の剣〉
ランク：S
能力：勇者の加護を与える
※選ばれし者にしか使えない

ふ〜ん、Sランクかぁ。

別にたいしたことねぇな。

あれはウワサに聞いた伝説の聖剣だ。

しかし、俺の装備がインフレしすぎていて、あまり実感が湧かない。

「おい、君。ぼんやりしてないで早く武器を出したまえ」

「え？　武器？　別に武器なんて出さなくていいだろ」

セルフィッシュは〈勇者の剣〉を持っている。

だが、俺は丸腰だ。

〝呪われた即死アイテム〟は亜空間にしまってあるからな。

「いいから、さっさと武器を出せ。負けた言い訳をあれこれ言われても面倒だからな。それとも、武器がないのなら貸してやろうか？　もちろん無料でな」

セルフィッシュはメンバーと一緒にヘラヘラ笑っている。

ええい、しかたない。

とりあえず、【悪霊の剣】だけ装備するか。

――よし、来い！

念じると亜空間から転送されてきた。

「な、何!?　どこから武器を出したんだ!?　まさか、転送魔法が使えるのか!?」

セルフィッシュたちはめっちゃ驚いている。

突然、剣が出てきたからな。

「いや、まぁ、しまってたんだよ」

【悪霊の剣】はニチャァ……と嬉しそうに笑っている。

セルフィッシュを即死させる気マンマンだった。

「な、なぁ、やっぱり戦うのはやめにしないか？」

「どうした、怖気づいたのか？　やめるわけないだろ。……ふむ、ククリか、珍しいな。意外と楽しめるかもしれん」

珍しいな、じゃなくて。

お前の命がかかっているんだよ。

そっちの武器だって見るからに勇者の剣!!　って感じじゃないか。

もうそれでいいじゃないかよ。

どうして、そんなに突っかかってくるんだ。

「ふんっ……どうせ、転送魔法やその剣もイカサマなんだろう。他の者は騙《だま》せても、僕は騙されないぞ。僕の手にかかればお前など一瞬で……」

ぼんやりと考えている間にも、セルフィッシュはなんか色々喋っていた。

「おい、聞いているのか？」

「え？　ああ、すまん。聞いてなかった」

「何⁉　僕の話を聞かないなど無礼もいいところだぞ！　君のような悪魔を倒して、そこの天使は僕が頂く！　覚悟しろ！」

セルフィッシュが思いっきり突っ込んでくる。

流石は、勇者でSランクの冒険者だ。

身のこなしがハイレベル極まりない。

しかし、俺には止まって見えた。

【悪魔のポーション】で動体視力まで強化されているからだ。

〔いっけー！　やっちゃえ、ダーリン！　ぶっ飛ばせー！〕

ミウに応援されながら、俺はギリギリのギリギリまで迷っていた。

なぜなら、【悪霊の剣】を使ったらセルフィッシュが真っ二つになる。

かといって、体で受け止めたら〈勇者の剣〉がへし折れる。

できればそれはイヤなんだ。弁償とかしたくないからな。

――どうすりゃいいんだ……。とりあえず、適当に魔力を飛ばしてみるか。解呪するときみたいに

……それ！

俺から放たれた魔力がセルフィッシュに向かって飛んでいき、ぽんっと当たった。

「おごおおおおおおおおああああ！　ぶへえええええ！」

俺の魔力弾がヒットした瞬間、セルフィッシュはすごい勢いで吹っ飛んだ。

そのまま後ろの木に激突して、地面へ崩れ落ちる。

流石は、666倍のパワーアップだ。

単なる解呪用の魔力弾なのにとんでもない威力だな。

とは思いつつも、一応心配なので俺は近づいていく。

「お～い、大丈夫かぁ～？」

結構派手にぶつかってたけど、まぁ平気だろ。

なんといっても、こいつはSランクで勇者なんだからな。

鍛え方も尋常じゃないはずだ。

「セルフィッシュ様……動かないぞ」

「とんでもないスピードで飛んでったな」

「レイクさんはあまりにも強すぎだろ」

尋常じゃないはずなのだが、セルフィッシュは一向に目覚めそうにない。

それどころか、体が変な向きに曲がっているような……。

――ヤべぇ、死んじまったか⁉

どっと冷や汗をかく。

「お前ら大変だ、セルフィッシュがやられたぞ！」

「勇者様、起きてください！」

「しっかりして！」

慌てて【闇の魔導書】を使おうとしたら、あいつのパーティーメンバーが走ってきた。

「私が回復させます！　光の精霊よ、我が魔力を贄《にえ》として差しだす。その大いなる力により、この者の傷を癒やしたまえ……《グレート・ヒール》！」

「……ぐっ」

リリカーバに回復されていると、セルフィッシュは目を覚ました。

内心、めちゃくちゃホッとする。

「みんな見たか？　セルフィッシュ様、簡単に倒されたぞ」

「レイクさんのほうが強いんだな」

「流石は、史上最速でエースになった方だ」

住民たちはコソコソ話していたが、セルフィッシュは我慢できないらしい。

「おい、もう一度勝負だ！　こんなことで僕に勝ったと思うなよ！」

回復が終わったと思ったら、ヤツはもう立ち上がった。

その足はプルプル震えている。

どこからどう見ても、これ以上戦うのは無理だ。

「いい加減やめとけって。ケガしちまうぞ」

「ま、まだだ！　まだ僕は戦える！　お前たちも向こうに行け！」

セルフィッシュは気遣う仲間を乱暴に追い払った。

俺を睨みながら〈勇者の剣〉を構える。

「なぁ、本当に戦うのかよ」

「だから、戦うと言ってるだろ！　君のような素人に、僕が負けるはずがないんだ！　早く最初の立ち位置に戻りたまえ！」

「わかったよ……」

俺がいくら言っても聞いてやくれなかった。

群衆の手前、これ以上醜態をさらせないってことらしい。

「さあ、どこからでもかかってこい！　今度はさっきのようにはいかないぞ！」

「そうか」

どこからきてもいいと言うので、俺は思いっきり踏み込んだ。

秒でセルフィッシュの前にくる。

身体能力666倍なので、もはやなんでもやり放題だ。

「な!?　い、一瞬で間合いを詰めるなんて!?」

セルフィッシュは驚くばかりで、まともに動けていない。

あたふた剣を構えようとしていた。

「くらえ」

気にせず右の拳でセルフィッシュの顔面を……。

「やめろやめろ！　やめてくれええええ！」

殴らずに、その横の空中を殴った。

流石に、セルフィッシュを殺そうなどとは思っちゃいない。

ちょっとビビってくれればそれでいいんだ。

ブオン！　と突風が木々を揺らす。

「こんなところでいいかな」

「あっ……」

風がやんだとき、セルフィッシュはドサッと倒れた。

ピクリとも動かない。

「お、おい、どうした。平気か？　返事をしろよ、セルフィッシュ」

俺が声をかけても、ヤツはうんともすんとも言わない。

――ま、まさか、死んでないよな？

また心配になっていると、セルフィッシュは立ち上がった。

「うわあああ！　怖いよおおお！　誰か助けてえええ！」

よかったと思った瞬間、俺たちを置いて一目散に逃げてしまった。

ギャラリー含めみんなポカンとしていたが、徐々に周囲が騒がしくなる。

「に、逃げた……？　勝負に負けたから……？」

「ほんとに勇者かよ、情けない……」

「自分から突っかかって負けるなんて、みっともなさすぎるだろ」

セルフィッシュの哀れな行動を見て、今や群衆の評価は真反対に覆っていた。

「ちくしょうー！　覚えてろよー！」

「私たちに恥をかかせるなんて、絶対に許しません！」

「今度会ったときは、タダじゃおかないからね！」

ヤツの仲間はセルフィッシュを追って、どこかへ行ってしまった。

やれやれ、やっと一息つけるな。

俺はミウのもとへと戻る。

「大丈夫だったか、ミウ。すまんな、騒がしくて」

「ダーリン、ありがとう。私を助けてくれて嬉しかったわ」

ミウは、むぎゅうっとくっついてきた。

「いや、だから、抱きつく必要は……」

「いいぞー！　もっとやれー！」

「レイクさんも隅に置けないな！」

「すごくいい試合だったぞ！」

そんな俺たちを見て、周りの人がパチパチと拍手をしている。

「まったく、あの人たちはなんだったのかしらね。勝手に絡んできて、ダーリンの返り討ちにあっていたけど」

ミウは相変わらず淡々としていた。

「まぁ、これであいつらも絡んでこないだろう。さてと、家探しを再開するか。今日中に見つかるといいんだが……」

ひとしきり終わった感があるが、肝心の引っ越し先はまだ決まってない。

セルフィッシュたちのせいで、余計な時間を使ってしまった。

「ダーリン、あそこの家なんかどう？」

ミウが街外れの丘を指す。

一軒家がポツンと建っているのが見えた。

「へぇ、あんな所にも家があったんだな。少しばかり寂しい所にあるが」

「でも、大きな館みたいよ。意外とよさそうじゃない？」

ここからでもなんとなく全体がわかるので、結構でかそうだ。

街の中からは建物で隠れていて、よく見えなかったのだろう。

遠目で見ただけだが、誰か住んでいそうな気配はない。

雰囲気も相まって、ちょっと不気味な感じがするな。

「せっかくだから見にいってみるか」

〔そうしましょう〕

俺たちは丘に向かって歩いていく。

「それにしても、〝呪われた即死アイテム〟がもうないなんて寂しいよなぁ」

そう思うと、やっぱりしょんぼりした気持ちになる。

せっかく俺好みのシリーズが見つかったのに、これ以上ゲットできないのは残念だ。

すると、ミウがビックリするようなことを言ってきた。

〔いいえ。〝呪われた即死アイテム〟は、まだまだたくさんあるわ〕

「え!?　そうなの!?　てっきり、〈呪い迷宮〉に隠されているのだけだと思ってたよ」

〔世界中に散らばっているの。もしかしたら、あの家もそうだったりして〕

「そんな、まさか」

そのうち、屋敷が見えてきた。

全体的に黒っぽくて期待が膨らむ。

――今度こそ条件に合う家だったらいいな。


「おお……なんてカッコいい屋敷なんだ」

〔やっぱり、ダーリンはこういうの好きよね〕

丘の上にポツンと立っていた館。

それは、俺の好みにどストライクも甚だしかった。

闇のように真っ黒な壁に、煌《きら》びやかな金色の窓枠。

庭には不気味な枯れ木が植わっていて、見る者に威圧感を与える。

そして、門の両脇にはガーゴイルの石像が飾られていた。

俺たちを見て、ニチャアァ……と笑っている。

「こ、こういうのを、完全に完璧な調和っていうんだろうな。ここにしよう……はぁはぁ」

「まぁ、ダーリンの好きなところがいいわよ。あら、なんかどす黒いオーラが出てない？」

ミウに言われ屋敷をよく見る。

確かに、件《くだん》のどす黒いオーラが出ていた。

「もしかして、これも〝呪われた即死アイテム〟なのか？」

「だとするとラッキーね」

眺めていたら、ちょうど馬車が通りかかった。

貴族が乗るようなとても豪華なヤツだ。

「あっ、レイクさんじゃないですか！」

「どうも、こんにちは。モカネチオさん」

「こんにちは」

モカネチオさんは、宴のときに高いワインやらなんやらをくれた人だ。

そういえば、この人は貴族だったよな。

かっぷくがよくて、優しい雰囲気の男性だ。

「こんな所で何をされてるんですかい？　あっ、失礼しました、デートですね！」

「そうなの！　やっぱり、すぐわかっちゃうかしら？」

「ええ！　どこからどう見ても、ラブラブのラブラブですから！」

「そうよねぇ！　私とダーリンの仲は隠そうとしても隠しきれないわ！」

「私も若い頃を思い出しますよ！　ハハハハハ！」

ミウとモカネチオさんは、めちゃくちゃ楽しそうだ。

しかし、俺は置いてけぼり感が半端ない。

「あの……俺たち引っ越し先を探してるんですけど、この屋敷がカッコいいなと思いまして。誰か住んでるんですかね？」

「ダーリンったら、気に入っちゃったみたいなのよ」

「そうなんですか？　これは私の家ですよ」

「え!?」

モカネチオさんは、さらりと驚愕なセリフを言ってきた。

見かけによらず、いいセンスをしているじゃないか。

いや、ちょっと待て。

つまり、俺の家にはできないわけだ。

少々がっかりする。

「モカネチオさんの館でしたか。知らなかったです」

「私の家というと、語弊《ごへい》がありますね。ある日突然、ここに現れた館なんです。見てのとおりとてつもなく不気味なので、誰も近寄ってこないんですよ。私の土地に出現したので、一応私の物となっています」

「そんなことがあるんですか」

「なんなら差し上げましょうか？　どうしたものかと悩んでいたところなんです。むしろ、レイクさんが住んでくださるなら、これ以上ないほど嬉しいですね」

モカネチオさんは、またもやとんでもないことをさらりと言ってきた。

家を差し上げるなんてフレーズ、俺は初めて聞いたぞ。

「いえーい！　貰いなさいよ、ダーリン！」

「マ……マジでくれるんですか？」

「マジです」

「じゃ、じゃあ、頂いてもいいですか？」

「はい、どうぞ。家の権利書とかは後日送りますから。では、私はこれで失礼しますね」

そう言うと、モカネチオさんは馬車に乗り、颯爽《さっそう》と帰っていく。

——おいおいおい、こんなでかい屋敷を無料で貰っちまったぞ。ほ、ほんとにいいのか？

「やったわね。みんな、ダーリンに感謝しているのよ」

「そ、そうか。若干申し訳ない気もするけど、ありがたく住まわせてもらおう」

ということで、俺たちは館の前にきた。

「近くで見ると、やっぱりどす黒いオーラがあるな」

〔これも〝呪われた即死アイテム〟だったのね〕

門の前に例の説明文が浮かんでいる。

久しぶりの〝呪われた即死アイテム〟だ。

【呪いの館】
ランク：SSS
能力：無限に広大なスペースを有する
呪い：敷地内に入った存在は全身が圧縮されて死ぬ

「へぇ、【呪いの館】かぁ。これまたエグい死に方だな」
〔無限に広いってすごいわ〕
というか、無限ってどんなだ。
流石は〝呪われた即死アイテム〟。

まぁ、俺はそこまで広くなくてもよかったんだがな。

家は見つかったものの、心配なことが一つあった。

「でも、ミウは大丈夫だろうが、誰も家に入れないのはどうなんだ？　だって、呪いで死んじまうもんな」

〔防犯にちょうどいいじゃない。泥棒しようとしても勝手に死ぬんだから〕

「それはそうなんだが。せっかくだから、セレンさんとかマギスドールさんを招待したいな」

〔そういうことなら大丈夫よ。ダーリンの《解呪》スキルも進化しているの。呪いの一部だけ無効化できるようになっているわ〕

「一部だけ？　どういう意味だ？」

〔今は中に入った存在……ってなってるけど、ダーリンが許可した人は、呪いが効かないようにできるはずよ。念じながら《解呪》してごらんなさいな〕

「わ、わかった」

心の中で念じながら、館の門に触れる。

——俺が許可した人は呪われないように！

「《解呪》！」

すると、説明書きの文言が変わった。

呪い：中に入った存在（レイクが許可した存在以外全て）は全身が圧縮されて死ぬ

「ほんとだ。俺が許可したヤツは大丈夫だ、って書いてあるぞ」

「これで、みんながきても平気よ。かといって、勝手に呼ばないようにね」

「は、はい」

さりげなく、ミウに釘を刺された。

「じゃあ、早速中に入ってみるか」

「どんな感じなのかしら」

なんだか、緊張してきたぞ。

屋敷の中もイカしているといいな。

ミウと一緒にガチャッと扉を開ける。

「……ふわぁ！」

「広～い！」

ちょっとだけ不安だったが、ムダな心配だったようだ。

思ったとおり、内装も俺好みだ。

エントランスホールはめっちゃ広くて、壁の両脇に鎧やらトゲトゲのこん棒やらが飾ってある。

各種〝呪われた即死アイテム〟には負けるが、最高にカッコいい。

「この時点で、俺たちがいた安宿より大きいじゃないか」

「それにしても、黒が多いわねぇ」

そして、怒濤の黒、黒、黒。

しかも、ただ真っ黒なわけじゃなく濃淡がついている。

天井からは、ドでかいシャンデリアがぶら下がっていた。

悪魔みたいな彫刻がグロくてナイスだ。

これを作ったヤツはセンスがいいな。

照明は微妙に暗いが、それがまた家の雰囲気にピッタリだった。

「う〜ん、めちゃくちゃ広いけど、無限って感じではないよな」

「どうしたんでしょうね」

疑問に思いながらも階段を上ると、その意味がわかった。

等間隔に扉のついた廊下が両脇に続いている。

が、その先が見えないのだ。

こんなに広い空間は初めて見る。

外から見ると、普通の（まぁ、それでもでかいのだが）屋敷なのに。

不思議なこともあるもんだ。

「これ、部屋もちゃんとあるのかな？」

〔確認してみましょう〕
適当な扉を開ける。
広大極まりない室内だ。
「すげえ、中の部屋も広いぞ。ギルドのロビーくらいはあるんじゃないか」
〔確認するまでもなかったわね〕
当たり前だが、最低限の家具しか置いていなかった。
ちょうど例の休憩室くらいの種類だ。
試しに、〝呪われた即死アイテム〟を勢揃いさせてみた。

【悪霊の剣】
【怨念の鎧】
【悪魔のポーション】の入れ物
【地獄のポーション】の入れ物
【闇の魔導書】

「な、なんて素晴らしい眺めなんだ……」

〔まったく、ダーリンったら〕

俺はいまだかつて、こんなに美しい景色を見たことがない。

これなら快適に暮らせるぞ。

「後は、あの店で買った家具を並べていけば完成だ」

〔屋敷中真っ黒になってしまうわね〕

「まぁ、いいじゃないか」

〔そろそろ夜も遅くなってきたし、もう寝ましょうか、ダーリン〕

「そうだな。インテリアはまた明日考えよう」

幸いなことに、ベッドは大きめだった。

たぶん、屋敷サイズなんだろうな。

一つしかないけど。

——ちょっと待て、この流れは……。

「い、一緒の部屋で寝るのか？」

〔当たり前じゃないの〕

「でも、やっぱりまだ別々のほうが……」

〔今さら何言ってるのよ〕

結局ミウに押しきられ、同じ部屋で寝ることになってしまった。

「せっかくベッドが広いんだから、も、もう少し離れて寝ないか？」

〔ダーリンと離れるのはイヤよ〕
大きいベッドなのに、ぎゅうぎゅうで俺たちは寝た。
――なんか、新婚みたいになっているけど……気のせいだよな？

□□□

「レイク、ミウ。ちょっといいか？」

「はい、なんですか？　マギスドールさん」

〔どうしたの？〕

数日後、俺たちがギルドでクエストを探していると、マギスドールさんに呼ばれた。

「大聖女のセインティーナ様は知ってるよな？」

「はい、知ってますよ。防御結界に魔力を注《そそ》ぎにきたとか」

〔まだ会ったことはないけどね〕

「今から、このギルドにいらっしゃる」

「え、マジですか!?」

「マジだ」

グランドビールを訪れているとは知っていたが、ギルドにもくるんだ。

せっかくなら一目見たいな。

「ねぇ、ミウ。セインティーナさんを見てからクエストに行こうか」

「そうね、私も会ってみたいわ」

「そこでだな、レイク。セインティーナ様なんだが、防御結界へ行かれる前にご挨拶があるんだ。お前の活躍を聞かれたそうでな。ぜひ一度、お前と話したいとのことなんだよ」

「大聖女様が……俺にですか⁉」

それを聞いてめっちゃ驚いた。

「セインティーナ様も楽しみにされているそうだぞ」

「すごいじゃない、ダーリン！　やっぱり、ダーリンの活躍はとどまるところを知らないわね！」

そんなことあるのかよ。

大聖女なんて、おいそれと会える人じゃない。

ましてや話せるなんて……。

とたんに緊張してきた。

──寝ぐせはついてないか？　顔はちゃんと洗ったか？　フ、フル装備になったほうがいいのか？

「ダーリンったら、緊張してるの？　かわいい」

どぎまぎしていると、ミウにからかわれた。

「いや、だって、大聖女だぞ」

「ダーリンはすごいんだから、堂々としていればいいのよ」

そうはいっても……と思ったところで、マギスドールさんが号令をかけた。

「みんな、そろそろセインティーナ様がいらっしゃる！　整列してお出迎えするんだ！」

「「はい！」」

冒険者たちがぞろぞろ集合する。

全員きちんと並んで、セインティーナさんを待つ。

俺とミウは一番前に立っていた。

いつもは騒がしいギルドがとても静かだ。

「大聖女ってどんな人なんだろうな」

〔やっぱり、美人さんなのかしらね〕

「「セインティーナ様がお見えになりました！」」

話していると、ギルドの扉が開かれセインティーナさんがやってきた。

侍女に付き添われ、しずしずと歩いている。

冒険者たちのこっそり話し合う声が聞こえてきた。

「まるで天使のようなお方だ」

「国で一番の美人ともいわれているよな」

「死ぬまでに見られるなんて、俺はどこまで運がいいんだ」

彼女たちの後ろからは、別の一行が歩いていた。

つい先日、因縁があったヤツらだ。

「勇者パーティーじゃないか……」

〔あの気持ち悪い人もいるわ〕

セルフィッシュは相変わらずのドヤ顔をしていた。

数少ない女冒険者に笑顔で手を振っている。

ミウを見つけると、ウインクを飛ばしてきた。

「あいつ、何も変わっていないな」

〔懲りないわね〕

セインティーナさんが壇上に立つ。

一瞬で、そこだけ教会みたいな雰囲気になった。

セルフィッシュたちは少し離れた所で待機するらしい。

「こんにちは、グランドビールの皆さん。私は大聖女のセインティーナと申します」

セインティーナさんは静かに笑いながら、深々とお辞儀をする。

声にすら癒やし効果があるみたいで、聞いているだけで気持ちが落ち着いた。

もはや冒険者たちは、おお……とか、ふぅ……としか言えないようだ。

「めちゃくちゃ雰囲気あるな」

〔キレイな人……〕

セインティーナさんは、背がとても高くて眩しいくらいの金髪だ。

その豊かな髪は腰くらいまであった。

シスターが着る服の豪華版みたいな修道服を着ている。

もちろん、宝石とかで着飾ってはいないけど、目を惹くようなオーラが滲《にじ》み出ていた。

いつもは冷静なマギスドールさんも緊張した様子だ。

「この度、新しいエースが生まれたそうですね？　お顔を拝見したいのですが」

「レイク、ミウ。こっちにきてくれ」

マギスドールさんに呼ばれ、俺はミウと一緒に壇上へ立つ。

たったそれだけで、手汗がドバドバ出てきた。

「あなたがレイク・アスカーブさんですね。お噂はかねがね聞いていますよ。あのネオサラマンダーを無事に討伐されたそうで。あなたのおかげで尊い命が救われました。私からも感謝申し上げます」

「い、いえ、俺は自分にできることをやっただけで……」

すげえ、大聖女のセインティーナさんだ。

これほど近くで見られるなんて。

――さ、流石に大聖女様だな。美人だ……。

澄んだ青い目、こういうのを碧眼《へきがん》っていうんだろう。

鼻も高いし彫刻のようだ。

いや、ミウも美人なんだが、タイプが違うっていうかだな。

「ダーリン、ちょっと見すぎじゃない……？」

「え？」

振り返ると、ミウはにっこり笑顔だ。

しかし、全身からゴゴゴ……というオーラが出ている。

「ごめん！　ごめんって！」

慌てて謝った。

セインティーナさんは、俺たちのやり取りを微笑ましく見ている。

「レイクさん。数多《あまた》の冒険者でも倒せなかったモンスターを倒すとは、あなたは素晴らしい力をお持ちなんですね」

「い、いや、それほどではないですが……そう言っていただけてとても嬉しいです」

セインティーナさんはめっちゃ丁寧だな。

俺みたいな若造にも、こんなことを言ってくれるなんて。

「チッ……！」

セルフィッシュは気に入らないのか、バレないように舌打ちしていた。

俺のことをギロリと睨んでいるし。

大聖女さんの前なのにそんな態度でいいのかね。

「レイクさん、これからも頑張ってください。私も応援していますよ」

「ありがとうございます。では、俺たちはこれで失礼します」

「ありがとうございました」

ひとしきり挨拶が終わって、俺たちは壇上から降りていく。

「セインティーナ様はお優しいんだ。本心では君のことなどなんとも思っていない。勘違いしないことだな、運だけで成り上がった素人め」

「お、おお……」

セルフィッシュはすれ違いざま、また変なことを言ってきた。

よっぽど俺のことが嫌いらしい。

壇上では、セインティーナ様とマギスドールさんが盃《さかずき》を掲げている。

「では、セインティーナ様のご健康とご多幸をお祈りして……」

みんなの盃がぶつかろうとした瞬間、ギルドの入り口がバーン！　と開かれた。

すごい激しい音で、俺たちはめちゃくちゃ驚く。

「な、なんだ!?」

〔びっくりしたぁ〕

何人かの冒険者たちが大慌てで入ってくる。

厳かな雰囲気が台なしになり、マギスドールさんが怒る。

「おい、どうした！　騒がしくするな！　セインティーナ様がいらっしゃってるんだぞ！」

「も、申し訳ありません！　で、ですが、大変なんです！　グランドビールの近くに、魔族の城が出現しました！」

冒険者たちが言ったとき、ギルドに緊張が走った。

「ま、魔族の城だって！　それは本当か!?」

マギスドールさんが驚いた様子で聞き返すと、冒険者は慌てふためいたように言う。

「本当です！　既に、グランドビールへの攻撃態勢が整っているという情報も入っています！」

「モンスターの群れが街を囲みつつあります！」

「今すぐ住民を避難させないと大変な被害が出てしまいます！」

ギルドの中は今や大騒ぎだ。

きっと、モンスターも魔族の指示で動いているんだろう。

〔ねぇダーリン、魔族の城って何？〕

「たまに、魔界から転送されてくるんだ。主は〝城持ち〟って呼ばれていて、魔族の中でもかなり強いみたいだな」

〔ふ～ん〕

マギスドールさんは大急ぎで、冒険者たちに指示を出していた。

「急いでセインティーナ様を安全な場所にお連れしろ！　セインティーナ様、ここもすぐに危なくなります！　避難してください！」

「いいえ。住民を見捨てて私だけ逃げるわけにはいきません。それに、防御結界もまだ十分機能しています」

大聖女さんの作る結界は、世界最強クラスの防御力を持つ。

相手がいかに魔族といえど、打ち破るのは難しいだろう。

それでも、このまま野放しにしておくのはまずい。

「し、しかし、そう仰られましても……」

「防御結界は暗号を言わなければ、絶対に解けることはありません。ですが、時間が経てば弱ってしまいます。私はこれから魔力を補給しに行きます。後はお願いします」

そう言うと、セインティーナさんは侍女を連れて足早にギルドから出ていった。

マギスドールさんは冒険者を集める。

「では、我々は魔族の討伐に向かおう。わかっている情報を教えてくれ。城のボスは誰なんだ？」

「マギスドールさん！　敵のリーダーはエビル・デーモンです！」

冒険者の一人が叫んだことを聞いて、ギルドは騒然とした。

「ねえ、ダーリン。強いの、そいつ？」

「ああ、強いよ。Sランクモンスターであるデーモンの、さらに上位種だな。ヤツが放つ雷はどんな物も消し炭にするらしい」

ネオサラマンダーだって、勝つのは難しいかもしれない。

「エ、エビル・デーモン!?　こりゃ大変だぞ！」

「下手したら街が全滅する！」

「今すぐ住民たちを避難させたほうがいいんじゃないか!?」

ギルドの中はさらに慌ただしくなり、冒険者たちは右往左往している。

「みんな、落ち着け!!」

マギスドールさんが叫ぶと、ギルドはすぐに静かになった。

流石は、ギルドマスターだ。

こういうときでも落ち着いている。

「街の外に出ると、かえって危険だ！　住民には魔族の城が出現したこと、いつでも逃げられる準備をしておくように伝えろ！」

「「は、はい！」」

冒険者たちは、それぞれの役割に向かっていった。

「よし、すぐに討伐計画を立てるぞ！　レイクとミウ、そしてセルフィッシュたちはこっちにきてくれ！」

俺たちはマギスドールさんの周りに集まる。

「聞いてのとおり、魔族の城が現れた。一刻を争う事態だ。すぐにでも討伐しないとならん。しかし、相手はエビル・デーモンだ。ここはエース2人で、力を合わせて戦うのがいいだろう」

「俺もそう思います」

〔それが一番確実でしょうね〕

「いいえ、僕たちだけで十分ですよ」

俺とミウは賛成したけど、セルフィッシュが反論してきた。

わざと俺を押しのけるようにして前へ出てくる。

「そこのレイクとやらは、街の警護に当たってもらいましょう。エビル・デーモンの討伐は、僕たちに任せていただきたい」

「いや……とはいってもな。相手はあの魔族だ。レイクもいたほうがより確実だろう」

「ダーリンの力を借りたほうがいいんじゃない？」

セルフィッシュも強いだろうが、戦力は多いほうがいいに決まっている。

「ご冗談はやめてください。彼はエースになる前、Fランクだったそうじゃないですか。正直、僕はなぜ彼がSランクに、ましてやエースにまでなれたのか疑問でしてね」

「レイクはあのネオサラマンダーを倒したんだ。みんなからも実力は認められている。協力してくれ」

「いいや、お断りします。その者は街に残ってもらいたい。魔族の城でも足を引っ張られてはイヤですから」

いくらマギスドールさんが話しても、セルフィッシュは断固として考えを変えないようだ。

そのうち、ヤツの仲間も賛同しだした。

「俺もそう思う。こいつは邪魔だ」

「私たちが囮《おとり》にされると困りますわ」

「人数少ないほうが動きやすいよ」

よってたかって、俺のことを拒絶している。

この前返り討ちにしたことが、ヤツらのプライドを傷つけたらしい。

「この戦いで、真のエースが誰かをはっきりさせましょう。僕が一人でエビル・デーモンを倒してみせますよ」

「なぁ、セルフィッシュ。そんなこと言ってる場合じゃないだろ。そこまでこだわるんなら俺はエースをやめるからさ。一緒に倒そうぜ」

俺は明るく話しかける。

「黙ってもらおうか。君の助けなんか必要ない」

話しかけたはいいが、セルフィッシュから吐き捨てるように言われてしまった。

それでも、マギスドールさんは諭すよう丁寧に言葉を続ける。

「もちろん、お前たちが強いのは俺も十分知っている。だが、これは深刻な状況なんだ。頼む、レイクと協力してくれないか？」

「僕たちの実力を疑っているとでも？」

「だから、そういうわけではなくて……」

「今までSランクモンスターを何体倒したか、忘れたわけではないでしょう？　そうだ。父上に言って、ここのギルドを取り潰しにしてもいいんですよ？」

セルフィッシュはマギスドールさんに詰め寄る。

エゴー公爵家は色んなギルドに支援金を出していた。

おそらく、ここもそうだろう。

マギスドールさんは暫く考えていたが、やがて諦めたように言った。

「う……む。で、では頼んだぞ、勇者パーティー。エビル・デーモンを倒して、街の安全を守ってくれ」

「ハハハ、お安いご用ですよ」

セルフィッシュは去り際、わざわざ俺の前を通った。

グッと顔を近づけて話してくる。

「そこでぼんやりしているといいさ、素人冒険者君。魔族なんか僕が瞬殺してきてあげるからね。そして、その天使ちゃんは僕が頂く」

「お前……そればっかりだな」

「だから、気色悪いって」


ということで、セルフィッシュたちが魔族を倒しに行って、俺は街の防衛に当たることになった。

「レイクさん、一緒に街を守りましょう！　セインティーナ様の結界があるから、問題ないとは思いますが！」

「俺、レイクさんと戦えるなんて最高です！」

「あなたがいれば街は平和ですよ！」

冒険者たちは心底嬉しそうだ。

士気も高いし、こっちは大丈夫だろうな。

「頑張りましょうね、ダーリン！」

「そうだな」

別に、誰が活躍しようが俺はどうでもいい。

街が無事ならそれが一番なんだ。

だが、ほんのちょっぴり心配だった。

――まぁ……大丈夫だよな？　だって、あいつらはSランクで、めっちゃ強い勇者パーティーだもんな？　きっと、楽勝で討伐してくれるだろう。

□□□

「さて、ここからでもモンスターが見えるな」

「どんなヤツらがいるのかしらね」

俺とミウはグランドビール近くの荒地まで移動していた。

普段はゴブリンとかスライムとかのザコしかいない所だ。

しかし、今日に限ってはいつもと様子が違った。

遠くのほうから、モンスターの群れがやってくるのが見える。

それを見て、冒険者たちが緊張するのがわかった。

「クソッ……もうあんなにいるのかよ」

「いよいよだな。俺たちにグランドビールを守れるだろうか」

「な、何ビビってんだよ。し、死んでも守るぞ」

防御結界は、グランドビールの人たちなら自由に出入りできる。

すぐに戦いへ行けるよう、みんな待ち構えていた。

俺もフル装備になっているので準備万端だ。

『フハハハハハ!!　覚悟しろ、愚かな人間どもよ!!　今宵、この地はエビル・デーモン様の物となる!!』

辺りにめちゃくちゃでかい声が響いた。

轟《とどろ》くって感じで、荒地が揺れるほどだ。

「あいつがボスみたいだな」

〔うるさいわね、あのヘンテコ巨人〕

群れの中にひときわ大きなヤツがいた。

Sランクモンスター、ヘカトンケイルだ。

三匹のサイクロプスが合体したような格好で、頭も腕も三匹分だ。

かなり大きいので、遠くからでもよく見える。

「お、おい、あれはヘカトンケイルじゃないか?」

「ウ……ソだろ?　あんなでかいヤツに勝てるわけねぇ……」

「エビル・デーモンだけでも大変なのに……」

冒険者たちはみんな怖気《おじけ》づいている。

Sランクモンスターなんて、そうそうお目にかかれないもんな。

〔ダーリン、あれ見て。モンスターが広がっているわ〕

「めっちゃいるじゃん」

防御結界の周りをモンスターの群れが囲みつつあった。

冒険者のため息交じりの声が聞こえてくる。

「こんなたくさんのモンスターなんて見たことないぞ……」

「俺たちより何十倍もいるじゃねえか……」

「もうおしまいだ……」

こんな数が一気になだれ込んできたら、街は壊滅してしまう。

戦うにしても、冒険者たちの被害は想像もつかない。

「俺たちがあいつらを倒してきますよ。皆さんはここで待っててください」

「危ないから結界の外には出ないでね」

なので、俺とミウで討伐に行くことにした。

「レ、レイクさん、何を仰ってるんですか!? ミウさんまでやめてください！ あの数をお二人で戦うなんて無茶ですよ！」

「相手はヘカトンケイルです！ いくらレイクさんたちでも危ないです！」

「考え直してください！ そんなの死にに行くようなもんですよ！」

しかし、冒険者たちが必死に引き留めてくる。

何がなんでも、俺たちを行かせないつもりらしい。

「心配してくれてありがとうございます。でも大丈夫ですから」

〔ダーリンなら問題ないわよ。ダーリンの強さはよく知っているでしょう？〕

「〔そ、それは、十分すぎるほど知っていますが……〕」

「決して油断はしませんから行かせてください」

俺たちは丁寧に話す。

なるべく、ケガ人は出したくないのだ。

「わかりました……でも、何かあったらすぐに助けを呼んでくださいね！」

「俺たちはいつでもレイクさんとともにいます！」

「ずっと、ここで待機していますから！」

心配そうだったが、冒険者たちは納得してくれた。

〔じゃあ、行きましょうか、ダーリン〕

「よし、いくぞ！《ダークネス・テレポート》！　行き先はヘカトンケイルの前！」

一秒後、俺たちはヘカトンケイルの前にきた。

『な!?　き、貴様、どこからきた!?』

「どこからって、防御結界の中からだ。転送魔法できたのさ」

ヘカトンケイルはめちゃくちゃに驚いている。

『ふ、ふざけたことを言うな！　転送魔法だと!?　魔法陣もなしにできるはずがないだろう！　そんな大がかりな魔法なら気配でわかったはずだ！』

「まぁ、それは置いといて、お前に話がある。モンスターを連れて帰ってくれ。エビル・デーモンにも帰りましょうって言えよ」

『なんだと！　帰るわけがあるか！　調子に乗るな、人間風情《ふぜい》が！』

一応説得を試みたが、こいつはまったく聞こうとしなかった。

やっぱり、モンスターは凶暴だな。

『死にさらせぇえ！』

ヘカトンケイルは六本の腕を振り回して、超高速で殴ってきた。

俺はそれをひょいひょいと避ける。

かなりの速さなんだろうが余裕で躱せた。

だって、動きが見切れてしかたないんだよ。

体もすごく軽いしな。

『な、何!?　どうして当たらない!?』

ヘカトンケイルは焦りに焦っている。

自慢の攻撃がかすりもしないからだ。

適当に【怨念の鎧】で受け止めてもよかったが、最後にもう一度だけ聞く。

「念のため確認するが、撤退はしないんだな？」

『するわけないだろうが！　貴様ら人間どもを殺して、グランドビールは我らが頂く！』

「そうか、くらえ」

ヘカトンケイルの足に【悪霊の剣】をぶっ刺した。

『オガアアアアアア！！！』

例のごとく、とんでもない悲鳴をあげて、ヘカトンケイルは真っ二つになる。

そのまま、ズズーン！　と倒れてしまった。

そして【悪霊の剣】は相変わらず、ニチャァァ……と笑っている。

う、嬉しいみたいだな。

〔流石、ダーリンね！　秒で倒しちゃうなんて！〕

「やっぱつぇえなぁ、〝呪われた即死アイテム〟は」

遠くから、冒険者たちの唖然とする声が風に乗って聞こえてきた。

「お、おい……マジかよ！　一撃で倒しちまったぞ！」

「ヘカトンケイルが……真っ二つ……！」

「レイクさんはいったい何をしたんだよ！」

『『グ……？　ゲ……？』』

周りにいるモンスターですらドン引きしている。

そりゃそうだ。

ヘカトンケイルが真っ二つだもんな。

しかし、気を取り直したように、モンスターは俺たちを取り囲んだ。

見えるだけで、フレイムワイバーン、トロール、グレートウルフなどなど……。

AランクやBランクの強いヤツらが目白押しだ。

「【闇の魔導書】になんかいい魔法ないかなぁ？　全てを破壊する的な」

どうせなら派手な魔法を使いたかった。

街中じゃなかなか難しいからな。

ページをめくっていると、ミウにくいくいっと服を引っ張られた。

「ダーリン、たまには私にも戦わせてよ」

「いいよ」

ミウは俺の前に出ると、軽く息を吹いた。

「ふぅぅ……」

『『グギャアアアア！！！　ゴギャアアアアア！！！』』

一瞬で荒地がどす黒い炎に包まれ、モンスターの叫び声が響き渡る。

そういえば、すっかり普通の女の子だが、ミウは呪い魔神なんだよな。

辺り一面、地獄のような光景だ。

――世界が終焉《しゅうえん》を迎えるときはこんな感じなのかな？　……ミウは怒らせないようにしよう。

俺は心の中で静かに誓った。

またもや、冒険者たちは呆然としている。

「すげえ……ミウさんもクソ強いじゃん……！」

「あんな攻撃、見たことねえよ……！」

「史上最強の夫婦って感じだな……！」

ちょっと待て、もう夫婦として認識されてんのかよ。

というわけで、街を襲っているモンスターは秒で全滅した。

だが、まだエビル・デーモンが残っている。

勇者パーティーがいかに強くても、相手は魔族だ。

「俺も城に行ったほうがいいかな？　援軍があったほうが確実だろうし」

早速魔族の城に向かおうとしたが、冒険者たちに引き留められた。

「いえ、レイクさんはここに残ってもらえませんか？」

「またモンスターの群れがくるかもしれません」

「防御結界が破られちまったら、俺たちじゃひとたまりもないです」

みんなとても怖がっている。

彼らの言うように、まだ襲撃は終わっていない可能性もあった。

「う〜ん、それもそうか」

「少し様子を見ましょう」

冒険者たちに懇願され、俺たちは街にとどまることにした。

たとえ、セルフィッシュたちが負けるようなことがあっても、グランドビールは大丈夫だ。

なぜなら、防御結界に囲まれているからな。

暗号を言わなければ絶対に解除されることはない。

――いくらあいつらでも暗号を教えてしまうなんて……流石にそんなことはないだろう。

【間章：セルフィッシュ】

「この調子だと、エビル・デーモンも楽勝だろうね」

僕たちはスムーズに魔族の城まできた。

道中ザコがたくさんいたが、全て瞬殺してやった。

「流石、セルフィッシュだな。どんなモンスターもお前の敵じゃゃねぇ」

「勇者様は本当に強いです。憧れてしまいますね」

「セルフィッシュ、最高！　ついてきてよかったよ！」

みんなに褒められ、僕はとても気分がいい。

特に、リリカーバとザドゥーイみたいな美人がいるとなおさらだ。

——勇者になってよかったなぁ……。

「さーって、僕たちの敵も後はエビル・デーモンだけだな。魔族を倒して、レイクとかいう素人冒険者に力の差を見せつけてやる」

素人はどんなに努力しようが、しょせんは素人だ。

あんなヤツ、僕の本気にはまったく敵わないに決まっている。

「しかし、どうしてあいつはエースになれたんだろうな。腕なんか、握っただけで折れちまいそうだったぞ」

「たぶん、ギルドマスターに賄賂《わいろ》かなんか贈ったんでしょう」

「どうせ、まともにモンスターと戦ったこともないわよ」

――ほら見ろ。みんなもそう言っているじゃないか。やっぱり、あのときはまぐれだったんだな。

魔族は最上階にいるから、僕たちは上を目指す。

なぜか、警備のモンスターが全然いなかったのですいすい進めた。

「なんだか敵が見当たらないな。僕たちがきているのは、ヤツらも知っているだろうに」

「俺たちにビビって逃げたんだろうよ」

「モンスターも勇者様のウワサを聞いているんでしょう」

「やっぱり、セルフィッシュはすごいわね」

僕は傷ついたプライドを癒やすために、わざわざ魔族の城までやってきた。

正直、街や住民はどうでもいい。

勇者だと言うと、どんな人も僕を崇め称える。

おまけに、僕はエゴー公爵家の跡取り息子だ。

才能に恵まれ、血筋に恵まれ……僕はへいこらされるのが最高に好きだった。

それなのに、あの素人レイクはそんな僕に汚点をつけたのだ。

断じて許せない。

「僕がエビル・デーモンを倒して、絶対にあのゴミをエースの座から引きずり下ろしてやるぞ」

「セルフィッシュなら魔族にも簡単に勝てるさ」

「勇者様の本気を見れば、あの人も驚くでしょう」

「ぎゃふんと言わせてやりなよ」

とは言ったものの……あいつはなかなかの美人を連れていたな。

あの娘も僕の物にしたい。

いや、この戦いが終わったら奪い取るか。

十分も経たずに、一番上の階へ着いた。

いよいよエビル・デーモンと戦うときだ。

「よし、ここが魔族の間だな。みんな、油断しないで行こう」

「「わかった」」

僕たちはギダツイルの盾に隠れながら、慎重に扉を開ける。

『やあやあ、よくきてくれたね。君たち、勇者パーティーでしょ？』

目の前の巨大な玉座に、そいつが座っていた。

エビル・デーモンは人間の何倍もありそうな大きさだ。

全身毛むくじゃらで、頭には二本の大きな角が伸びている。

その背中には巨大な翼が生えていた。

あまりの威圧感に僕は少し怖気づく。

「き、貴様がエビル・デーモンだな！　僕たちがきたからには、もうお前の命はないぞ！」

『随分と威勢がいいねえ。それで、誰が勇者なのかな？』

「僕が勇者だ！　このセルフィッシュ・エゴーがお前を倒してやる！」

勢い良く〈勇者の剣〉を抜き、エビル・デーモンに剣先を向けた。

こいつを倒せば名誉も保たれるし、何よりあの娘が手に入る。

『はいはい、そういうのはいいから。ほら、死ね』

「うわぁっ！」

その直後、エビル・デーモンの指先から、ものすごい稲妻が飛んできた。

「俺が受け止める！」

とっさに、ギダツイルが大盾で立ちはだかる。

一瞬焦ったけどすぐにホッとした。

彼が持っているのは、Sランクアイテムの〈聖なる盾〉だ。

相手がいくら強くても、こっちにはギダツイルがいる。

王国最高クラスの防御力だ。

これくらいなんともないだろう。

そう安心していたのに、ギダツイルは汗がだくだく出ていて、かなり苦しそうな顔だ。

「ザ、ザドゥーイ！　防御魔法で援護してくれ！」

——お、おい、大丈夫か？

僕を不安にさせるんじゃない。

「わ、わかった！　偉大なる精霊たちよ。今こそ、我の魔力を捧げよう。迸《ほとばし》る雷より、我らが体躯を守りたまえ……《ライトニング・ギガントシールド》！」

ザドゥーイがSランクの防御魔法を唱えた。

雷属性に特化している最上級の魔法だ。

これなら流石に大丈夫だろう。

しかし、ギダツイルの体はどんどん傷ついていく。

全身からブシュブシュ血が出ていた。

「リ、リリカーバ！　か、回復を頼む！」

「は、はい！　光の精霊よ、聖なる存在よ。我が魔力を惜しむことなく使いたまえ。その神聖な力により、この者のあらゆる傷を癒せ……《グレーテスト・オール・ヒール》！」

リリカーバはSランクの回復魔法を唱えた。

自動で全回復させる、彼女が持つ一番強い魔法だ。

強力な魔法を連発され、だんだん心配になる。

そ、そんなに大変な攻撃なのかよ。

『なんだ、全然たいしたことないじゃん』

「ぐあああ！」

「きゃああ！」

「うわああ！」

稲妻が爆発して、ギダツイルたちが弾け飛んだ。

——お……王国最強の防御を誇った布陣がこんなあっさり……こ、これが魔族なのか？

とたんに、イヤな汗をかく。

「ギダツイル、ザドゥーイ、リリカーバ！　め、目を覚ませ！」

必死にメンバーの名前を呼ぶが、彼らは起きる気配もなかった。

みんな、床でぐったりしている。

『暴れられると面倒だから、縛っておくか』

エビル・デーモンは魔力の糸でメンバーたちを縛り上げていく。

その光景を見て、ようやく今の状況を理解した。

——ひ、一人でこいつを倒さないといけないのか？

急速に怖くなってくる。

いまだかつて、これほど圧倒されることなんてなかった。

『弱いねぇ、君たち』

エビル・デーモンはイスに座って、にこにこ笑っている。

その様子を見て、さらに怖気づいた。

こ、こいつは……まだ立ち上がってもいない。

「こ、これくらいで勝った気になるな！　この僕、セルフィッシュ・エゴーが、お、お前を倒す！」

全身に力を精一杯込めて、〈勇者の剣〉を構えるも、足の震えがおさまらない。

恐怖が体に染みついていた。

『君、足がプルプルじゃん。大丈夫？』

「う、うるさい！」

『まぁ、いいや。死ね』

エビル・デーモンはまたすごい稲妻を飛ばしてきた。

〈勇者の剣〉で力の限り受け止める。

「うぐぐ……！」

やがて耐えていると、パシューン！　と稲妻を打ち消した。

『へえ……』

「よ、よし！」

流石はSランクアイテム、〈勇者の剣〉だ。

い、いける！

勇者の加護があればこいつにも勝てる！

「はあああ！　くらえええええ！」

全力で走って一気に間合いを詰め、思いっきり斬りかかる。

『ほい』

エビル・デーモンは僕の剣をひょいっと摘《つま》んだ。

ただ摘んでいるだけなのに、びくともしない。

な、なんて力だ。

「この……！」

『力も弱ぃねぇ』

〈勇者の剣〉はパキーン！　と折られてしまった。

「な、何!?　Sランクのアイテムだぞ！　ど、どうして!?」

『ボクのほうが強かっただけ。単純なことだよ』

「そ、そんな……」

『さてと、もう殺しちゃうか。飽きてきたし』

つまらなそうに告げられた言葉が、冷たく僕の胸に突き刺さる。

――……え？　こ、殺される？　この僕が？　イヤだ、イヤだ、イヤだ！　ぼ、僕はまだ死にたくない！　助けて、助けてよ！

殺されると聞いて、背筋が凍った。

エビル・デーモンは相変わらず、にっこりと笑っている。

その笑顔を見た瞬間、僕の心を恐怖が支配した。

もう何も考えられない。

エビル・デーモンの前に座り、床につきそうなほど頭を下げた。

「た、助けてください！　お願いです！　なんでもしますから！」

『勇者が命乞いって情けないねぇ。助けるわけがないのに』

いくら頼んでも、エビル・デーモンはニヤニヤしているだけだ。

僕もあっさりと魔力の糸で縛られてしまった。

他のメンバーたちの横へ投げ捨てられると、彼らが目を覚ました。

「ぐっ……お、俺は生きているのか……？」

「か、体が動きません」

「何があったの……？」

ギダツイルたちはぼんやりしている。

『なんだ、まだ生きていたの』

エビル・デーモンを見ると、彼らはすぐに状況を理解したらしい。

みんな、ブルブル震えている。

「セルフィッシュ、俺たちは……死ぬのか？」

「し、死ぬのはイヤです……」

「こんな所で死んじゃうの……？」

イヤだ！　僕は絶対に死なないぞ！

そうだ、全員で頼めば助けてくれるかもしれない！

「今、必死に命乞いをしているところだ！　お前たちからも頼むんだよ！」

僕が言うと、みんないっせいに頭を下げ始めた。

「た、頼む……！　見逃してくれ！」

「私はまだ死にたくありません！　どうか、お助けを！」

「もう討伐なんて考えないから！　お願いよ！」

僕たちは懸命に頼み込む。

エビル・デーモンはしばらく何かを考えていたが、ゆっくりと言ってきた。

『防御結界の暗号を教えてくれたら助けてあげるよ。言わなかったら殺すけどね』

「ぼ、防御結界の……暗号……？」

『そうだよ』

そんなことを教えたら、モンスターや魔族が街に入り放題になる。

何があっても、絶対に言ってはならないことだ。

しかし、エビル・デーモンの目を見ていると、恐怖のほうが強くなっていった。

――じゅ……住民なんかより、僕のほうが価値がある人間なんだ。僕が助かれば、それでいいんだ！

「わ、わかった。僕が教えるよ。防御結界を解除する暗号は……」

『ふむふむ……』

エビル・デーモンが暗号を言うと、防御結界が消えていった。

モンスターの群れがグランドビールに向かっていくのが見える。

たぶん、どこかに隠れていたんだろう。

でも、今となってはどうでもよかった。

『アハハ。まさか、ほんとに教えちゃうなんて。君たち、ほんとに勇者パーティーなの？　街の人より自分たちを優先しちゃうなんて』

「ぐっ……」

エビル・デーモンはケラケラ笑っているけど、僕たちは何も言い返せなかった。

『そうだ、みんなに教えてあげなよ。怖くなって敵に暗号教えちゃったってさ』

僕たちをぶら下げたまま、エビル・デーモンは街に向かって飛んでいく。

防御結界が消えた今、住民たちを守る物は何もない。

眼下の光景を見て、僕は自分がしたことをようやく理解した。

――も、もしかして……僕たちは大変なことをしてしまった？

今すぐに全てを投げ捨てて、ここから逃げ出したくなる。

必死に暴れるも、まったく意味はなかった。

□□□

「あれ、防御結界の様子がおかしくねえか？」

「そうね。もうエネルギーが切れちゃったのかしら？」

俺たちが待機していると、防御結界に異変が起きた。

少しずつ薄くなっているのだ。

周りの冒険者たちも気づいたらしい。

「お、おい、どうしたんだ⁉　結界が変だぞ！」

「もう消えそうじゃないか！　何があったんだよ！」

「結界が解けたらどうするんだ！」

セインティーナさんは、防御結界にエネルギーを充填してくれているはずだ。

だから、魔力不足とは考えにくい。

――だったら何が……？　まさか、セルフィッシュたちが暗号を教えちまったのか？

いや、流石にそんなことはありえないよな。

だって、あいつらは勇者パーティーだぞ。

住民たちを売るなんて万が一にもないはずだ。

しかし、考えているうちに、防御結界は消えてしまった。

辺りは騒然とする。

「なんてこった！　結界が消えちまったぞ！」

「これからどうすりゃいいんだ！」

「みんな！　あれを見ろ！」

冒険者の一人が荒地を指している。

グランドビールに向かって、たくさんのモンスターが集まっていた。

まだあんなにいたのか。

モンスターの大群を見た住民たちが大騒ぎしている。

「た、大変だ！　モンスターの群れだ！」

「もうおしまいだああ！」

「モンスターに喰われるなんてイヤだよおお！」

みんなパニックで泣き叫んでいる。

マギスドールさんが大慌てで、群衆をかき分け出てきた。

「くっ！　こうなったら、迎え討つしかない！　しかし、住民の逃げ場が……！」

マギスドールさんは頭を抱えている。

逃げ場と聞いて、俺はあることに気が付いた。

――そうだ。【呪いの館】に避難させればいいいんじゃないか？

「マギスドールさん、俺たちの家に住民を避難させてください。街外れの丘にある館です。ほら、あそこに建ってるヤツですよ」

ちょうどここから【呪いの館】が見えたので、指を指しながら説明する。

「え？　……ああ、あの家か。レイク、気持ちはありがたいんだが、いくら広くても住民全てが入れるわけないだろう」

「それが入れるんですよ。あの館は無限に広いんです。おまけに、俺が許可した人以外は敷地に入ると死にます。俺の魔法を使えば、一瞬で全員が移動できますよ」

〔私も保証するわ。みんなを避難させましょう。エビル・デーモンは私たちが倒すから〕

「そ、そんなに広くて安全なのか？　まぁ、レイクの言うことだから、そうなんだろうが」

マギスドールさんは少しの間考えていたが、すぐに力強く言った。

「わ、わかった！　レイク、頼む！」

俺は住民たちに向かって大声で叫ぶ。

「皆さん、これから俺の家に避難していただきます！　あそこの丘に見える家です！」

「おい、みんな！　静かにしろ！」

「レイクさんが避難させてくれるってよ！」

「言うとおりにするんだ！」

俺が言うと、すぐにパニックが収まった。

「転送魔法でいっせいに避難させます！　では、ジッとしていてください！　《ダークネス・テレポート》！　対象はグランドビールの人全て！　行き先は俺の家の前！」

一秒後、【呪いの館】の前に全員転送された。

「す、すげえ……本当に一瞬できたぞ」

「流石はレイクさんだな……あの数をいとも簡単に……」

「こ、こんな転送魔法見たことないぞ……」

みんな、ただただ呆然としている。

「さあ、皆さん！　ここは俺の家です！　信じられないでしょうが、中は無限に広いんです！　屋敷に入ってください！」

「早く館に入るのよ！」

「「い、いや、とは仰られても……」」

住民たちは【呪いの館】を見てモジモジしているので、心配になって聞いた。

「あの、どうしたんですか？」

「「いや、ちょっと怖くて……」」

怖い？

ああ、エビル・デーモンたちのことか。

「この家にいれば大丈夫ですよ！　さ、入ってください！」

「慌てないで！　絶対に全員入れるわ！」

「「は、はぁ……」」

俺とミウは冒険者と協力して、住民を【呪いの館】へ案内する。

この調子なら、スムーズに避難できそうだ。

避難が八割ほど終わったところで、魔族の城から巨人が飛んできた。

まだ遠くのほうなのに、とても大きく見える。

〔ダーリン、あれ見て！〕

「あいつがエビル・デーモンで間違いないな」

予想以上に結構でかい。

まぁ、相手が誰だろうと油断せず戦うだけだ。

『どこに逃げてもムダだよ』

「きゃああ！　何か聞こえるわ！」

「エビル・デーモンだああ！」

「急いでレイクさんの家に入れ！」

突然、頭の中にエビル・デーモンの声が聞こえてきた。

大声ではなく、テレパシーみたいな感じだ。

「「あそこにいるのはセルフィッシュ様たちじゃないか⁉」」

住民の誰かが叫ぶ。

エビル・デーモンの体から、人間がぶら下がっている。

勇者パーティーの面々だ。

「あ、あれは、勇者様たちじゃないか！」

「負けちゃったってこと⁉」

「エビル・デーモンはそんなに強いのかよ！」

周りはまた騒然としだす。

「セルフィッシュたちは捕まったのか？　早く助けてやらんと」

〔返り討ちにあったってことね〕

優雅に空を舞うエビル・デーモンが言ってきたことに、俺たちは耳を疑った。

『どうして、防御結界が解除されたか教えてあげようか？　ボクを倒しにきた勇者クンがね、教えてくれたんだよ。君たちより自分の命のほうが大事なんだってさ。っていうか、勇者ってすごい臆病なんだね。アハハ』

エビル・デーモンは大笑いするが、勇者たちはしょんぼりしている。

——おいおいおい、ほんとに教えちまったのかよ。

「勇者なら街を守れよ！　何やってんだ！」

「てめえらなんか勇者パーティーじゃねえ！　恥を知りやがれ！」

「情けないと思わないのか！」

エビル・デーモンの言葉を聞いて、住民たちが怒りまくる。

勝負に負けて、逃げたくなってしまったのだろうか。

とはいえ、まずは住民たちの避難だな。

念のため、慎重に立ち回ったほうがいいだろう。

「じゃあ、ミウはここに残って住民を守ってくれ。エビル・デーモンは俺が倒してくる」

〔わかったわ。いってらっしゃい、ダーリン〕

ミウは手を振って送り出してくれた。

館の中では住民たちも応援している。

「レイクさーん、頑張ってください！」

「あの使えない勇者たちの代わりに、あいつを倒してください！」

「今や、レイクさんしかいません！」

住民の歓声を背に、俺はエビル・デーモンのもとへ急いだ。

【間章：モカネチオ】

「うう……どうしてこんなことになったんだ……」

私はレイクさんの家に避難してからも、ブルブル震えていた。

モンスターはとても怖い。

私もあいつらに喰われてしまうのかな？

「た、大変！　モンスターが……！」

誰かが叫んだのを聞いて、慌てて窓を見る。

大型のトロールやグール、ゴブリンなど、たくさんのモンスターが近づいていた。

「ひ、ひいっ！　ミ、ミウさん、モンスターがきています！」

「大丈夫。私が出るまでもないわ」

もうそこまで迫っているというのに、ミウさんは至って冷静だった。

外に出ていく素振りもない。
「で、でも、すぐそこに迫ってますよ！」
〔心配しないで。何もしなくてもヤツらは勝手に死んでいくわ〕
ど、どういう意味なんだろう？
そう思ったとき、とんでもないことが起きた。
『『アギャアアアア！！！　ゴカアアアアアア！！！』』
「お、おい、見ろ！　モンスターが潰れていくぞ！」
目の前で起きていることが信じられなかった。
敷地に入ったモンスターたちが次々と潰されていく。
まるで、見えない巨人に握り潰されているようだ。
ヤツらは岩や土の塊なども投げてくるが、この家はびくともしなかった。
モンスターのブレスや魔法攻撃もまったく効かない。
窓ガラスに一つのヒビさえ入らないのだ。
焦ったモンスターが侵入しては、グシャグシャに潰される。
その繰り返しだった。

――ここは……史上最強の避難場所だ。レイクさんには、いくらお礼をすればいいかな。一億エニくらいで足りるだろうか？

□□□

「さあ、勇者パーティーを渡してもらおうか」

俺はエビル・デーモンと向かい合っていた。

【呪いの館】から少し離れた所だ。

それにしても、こいつは……見るからに凶悪なツラだな。

ニヤニヤしている目がめっちゃ性格悪そうだ。

『勇者パーティーって、これのこと？』

エビル・デーモンは気色悪く笑いながら、セルフィッシュたちを掲げた。

彼らは気絶しているんだろう。

ピクリとも動かなかった。

「そうだ、早く返してくれ。お前にとっては、どうでもいいヤツらなんだろ？」

『その前に確認したいことがあるんだ。君がレイク・アスカーブかな？』

「だったらなんだよ」

『アハハ、これまた弱そうな人間だ』

エビル・デーモンはケラケラ笑っている。

「何笑ってんだよ。っていうか、もう帰ってくれ。ここにはお前らが欲しいような物は、何もないだろうがよ」

『君は魔界でね、結構有名なのさ。だから、〝城持ち〟のボクが派遣されたんだけど』

「何？　どういうことだ」

そんなこと初めて聞いたぞ。

なんで魔界なんかで俺が有名なんだよ。

エビル・デーモンはニヤニヤ笑っているだけで、何も言おうとしない。

『まさか、こんなしょぼい人間だったなんてね。もしかして、その鎧とか剣も〝呪われた即死アイテム〟ってヤツ？　趣味が悪いなぁ』

「おい、コラ。これのどこが趣味悪いんだ」

まったく、美意識のかけらもないヤツだな。

『まぁ、勇者クンたちはどうでもいいや。返してあげるよ。もう用なしのゴミだからね』

エビル・デーモンは、セルフィッシュたちをポイッと投げてきた。

急いで前に出て受け取る。

「っと、あぶねえ！」

「「うっ……」」

どうやら、セルフィッシュたちは生きているようだ。

『まぁ、こんなヤツに負けるなんて想像もつかないけど、念のため本気でやらせてもらうよ？』

そう言うと、エビル・デーモンは魔力を溜め始めた。

ヤツの周りの空間が歪む。

やっぱり、こいつは魔族なんだな。

すごいパワーだ。

でも、どうせ〝呪われた即死アイテム〟のほうが強いんだろう。

「お取込み中悪いんだが、俺には勝てないと思うぞ？　だから、さっさと帰ってくれ」

『ふん、そう言っていられるのも今のうちさ。君はここで死ぬんだよ』

エビル・デーモンはまったく取り合ってくれなかった。

俺を殺す気マンマンだ。

『さあ、君の実力を見せてもらおうか！』

エビル・デーモンの全身から、とてつもない稲妻が飛んできた。

こりゃあ凄まじい攻撃だ。

これを防げるヤツなんて、そうそういないんじゃないか？

――しかし、どうやって倒そうかな。【悪霊の剣】は、ニチャアァしているが……う～ん、【怨念の鎧】で適当に跳ね返すか。めんどくせえし。

稲妻は俺に勢いよく当たっ……。

『うわあああああああ！！！』

たかと思うと、666倍に増えてエビル・デーモンを襲う。

稲妻が激しすぎて、ヤツの体が見えないくらいだった。

マジで痛そうだ。

というか、眩しくてしかたないんだが？

光が消え去ると、エビル・デーモンはズシーン！　と落ちてしまった。

今や、ただの消し炭になっている。

「あっけないなぁ」

【悪霊の剣】はスン……として、少し残念そうだった。

〔ダーーリーン！〕

「「レイクさんー！」」

戦闘が終わると、【呪いの館】から住民や冒険者たちが走ってきた。

もちろん、ミウも一緒だ。

みんな、とても嬉しそうだった。

「レイクさん、やったんですね！　屋敷の中から見てましたよ！　めっちゃすごかったです！」

「あのエビル・デーモンですら一撃なんて！」

「レイクさんに勝てるヤツなんてどこにもいないですよ！」

魔族の城も少しずつ消えていく。

主が倒されたので力を失ったのだ。

知らないうちに、モンスターも全滅していた。

一匹残らず【呪いの館】に殺されたらしい。

「レイク！　よくやった！」

「ダーリン！　今回も最高よ！」

住民たちの奥から、マギスドールさんとミウが飛びついてきた。

そのまま、俺はぎゅうぎゅうに抱きしめられる。

「お前はグランドビールの救世主だ！」

「流石は、私のダーリンね！　とってもカッコよかったわ！」

「く、くるしっ……」

何はともあれ、大きな被害がなくてよかったな。

歓声に包まれていると、勇者パーティーが目を覚ました。

「ぐっ……ここは」

「おい、大丈夫か？」

俺が話しかけても、セルフィッシュたちはぼんやりしていた。

だが、少しずつ状況がわかってきたみたいだ。

「あの、エビル・デーモンは……？」

「ダーリンが瞬殺よ」

「ヤツは俺が倒した。ほら、あれを見ろ」

エビル・デーモンだったドでかい消し炭を指さす。

風が吹くと、どこかに飛んでいってしまった。

その瞬間、セルフィッシュたちがすごい勢いですがりついてきた。

俺の足にベタベタまとわりついている。

「コ、コラ、離れろ」

「うっうっ……ありがとうございます！　僕たちを助けてくれたんですね！」

「アンタは命の恩人だ！」

「なんとお礼を言ったら良いのでしょう！　本当にありがとうございます！」

「一生、あなたについていくわ！」

セルフィッシュたちは、なんであんなに嫌っていた俺にくっついてくるんだ。

あっ、そうか。

【怨念の鎧】を着ているから、俺だとわからないのか。

兜で顔は見えんし。

彼らは顔面鼻水まみれで、見るも無残な姿だ。

——こ、こいつら、ほんとに勇者パーティーか？

そのような姿を見ても、住民や冒険者たちは怒るばかりだった。

「お前らのせいで俺たちはものすごく怖い思いをしたぞ!?」

「ふざけんな！　街は壊滅するところだったんだからな！」

「もはや勇者パーティーですらねえ！　お前らなんか殺されちまえばよかったんだ！」

みんな、口々にセルフィッシュたちを責める。

「「そ、それは、その……」」

セルフィッシュたちはうつむくばかりで、何も言えなかった。

まったく、困ったヤツらだな。

【間章：セルフィッシュ】

「お前らは自分が何をしたかわかっているのか⁉」

「「ぐっ……」」

ギルドの中をマギスドールの怒号が響き渡る。

周りには、街の冒険者や住民たちが集まっていた。

僕たちはまったく身動きが取れない。

硬い縄できつく縛られているからだ。

――どうして、こんな目に遭わないといけないいんだよ。せっかく、エビル・デーモンから解放されたのに……。

自分の境遇がわからなかった。

「早く僕たちの縄を解いてくれないか？　痛くてしょうがないいんだ」

「解くわけないだろ！　この大罪人が！」

なんだと！

マギスドールの言葉にかなりムカついた。

「大罪人だって⁉　よくもそんなことが言えるな！　僕たちが何をしたっていうんだ！」

「防御結界の暗号を魔族に教える勇者がどこにいる！」

「うぐっ……」

クソッ、そのことはもういいだろうが。

魔族も消えたし、街は大丈夫だったんだからさ。

マギスドールの後ろから、セインティーナ様が出てきた。

見るからに暗い顔をしている。

僕たちの仕打ちを見て、心を痛めてくださっているのだ。

「セインティーナ様、お願いです！　この者たちに縄を解くよう言ってください！　勇者にこのような仕打ちをするとは、不届き者もいいところですよね！」

さあ、縄を解くんだ冒険者ども！

……あれ？　どうして、誰も動こうとしないんだ？

そして、セインティーナ様は相変わらず表情が沈んでいる。

「セルフィッシュ、あなたには失望しました。勇者でありながら魔族に屈し、住民を売ってしまうなんて……。どうして、レイクさんと協力しなかったのですか？」

「そ、それは……あの者の実力が信じられず……」

「あなたはレイクさんとの勝負に一度負けたのですよね？　それでも、彼の力が信じられなかったのですか？」

「うっ……」

そう言われると反論できなくなった。

な、なんて言い訳すればいいんだ。

「お前らはクズだ！」

「住民を売る勇者がどこにいるんだよ！」

「もう顔も見たくねえ！　さっさといなくなれ！」

周りのヤツらが腐った卵やトマトなんかを投げてきた。

あっという間に僕たちは汚れまくる。

ゆ、許さないぞ。

僕が何もしないから調子に乗りやがって。

縄がほどけたら、こいつらを……。

復讐心に燃えていると、マギスドールがビックリするようなことを言ってきた。

「勇者パーティー！　お前らはワーストプリズン島に連行する！」

「「ワ、ワーストプリズン島!?」」

大罪を犯したヤツらが収監される、最恐最悪の島じゃないか。

そんな所、絶対に行かないぞ。

「ふ、ふざけるな！　僕を誰だと思っているんだ！」

「俺たちは勇者パーティーだぞ！」

「今すぐ取り消してください！」

「私たちなしで、この先やっていけると思ってんの⁉」

僕たちは必死に抗議する。

メンバーたちも怒り心頭だ。

「黙れ！　これはセインティーナ様とも相談して決めたことだ！　この決定が覆ることはない！」

抗議をはね返すように、マギスドールは全然聞く耳を持たなかった。

冒険者の処罰はギルドマスターに一任されている。

取り消しさせないと、本当にワーストプリズン島行きとなってしまう。

——こ、このままではまずい！　どうする⁉

そこで僕は、最強の一言を思い出した。

「僕にそんなことを言っていいのか⁉　父上に報告して、ギルドの支援金をなくしてやるぞ！」

へっ、どうだ。

それを言った瞬間、僕は勝ち誇っていた。

結局、公爵家出身の僕に逆らえるヤツはいない。

庶民たちは貴族の助けがないと生きていけないのだ。

さ、早く撤回して縄を解いてもらおうか。

地面に這いつくばって謝れば、許さないこともないぞ。

勝ち誇ってはいたが、マギスドールが言ってきたことに驚きを隠せなかった。

「エゴー公爵家は爵位《しゃくい》を剝奪《はくだつ》された！　セルフィッシュ、お前のせいでな！」


——…………え？　爵位剝奪？

な、何を言っているんだ。

まるで意味がわからない。

「で、でたらめを言うんじゃない！　爵位が剝奪されるわけないだろ！　エゴー公爵家は、カタライズ王国の三大名家なんだぞ！」

心の底から力いっぱい叫んだ。

そんなことがあってたまるか！

マギスドールは一枚の紙を見せてきた。

パッと見た感じ、紙が分厚くてとても立派な文書だ。

「これを読んでみろ。王様からの手紙だ」

「ふん、どうせたいしたことは……」

軽い気持ちで読みだしたが、徐々に血の気が引いていった。

【……エゴー公爵家の爵位を剝奪する　カタライズ王】


ご丁寧に国王の印まで押してあった。

つまり、これは本物だ。

エゴー公爵家は…………本当に没落してしまったのだ。

「うあああああああ！　ウソだああ！　ウソだああ！」

居ても立っても居られなくなり、めちゃくちゃに暴れ回る。

もう何も考えられなかった。

「おい、みんなでこいつを取り押さえろ！」

「おとなしくしやがれ！　暴れるんじゃない！」

「往生際が悪いぞ！」

冒険者たちがのしかかってきて、すぐに身動きが取れなくなる。

「手間をかけさせるな、セルフィッシュ！　レイクが助けてくれたからよかったものの……お前らは最低最悪のパーティーだ！」

マギスドールの野郎、言いたい放題言いやがって！

ふと目を上げると、あの鎧人間が見えた。

黒い鎧兜に身を包み、エビル・デーモンを圧倒した人だ。

どうやら傭兵をやっているらしい。

それにしても重厚な装備だな。

名はレイクというのか。

〔ねえ、ダーリン。あんなのが勇者なんて世も末ね〕

「そうだな」

その横には、あの銀髪天使がいる。

彼女は素人レイクと一緒にいた娘じゃないか。

どうして、ここに……そういえば、銀髪天使は鎧人間のことをダーリンと呼んでいる。

たぶん、彼の名前はレイク・ダーリンなんだろうな。

あれほど強いのに、素人冒険者と同じ名とは……かわいそうに。

「お前たち、この愚か者どもを連れていけ！」

「や、やめろ！　離せえええ！」

「「いやだあああ！」」

マギスドールの号令で、冒険者どもが僕たちを引きずっていく。

連行されていくとき鎧人間の前を通った。

最後の力を振り絞って抵抗する。

「「コラ、さっさと歩け！」」

「せ、せめて……あなた様の素顔をお見せくださいい！」

この方に、僕は命を救ってもらったのだ。
連れていかれる前に、一目でもお顔を拝見したい。
「わかった」
ダーリン殿はゆっくりと兜を外していく。
素顔はどんな見た目だろう。
あんなに強いのだ、傷だらけの戦士っぽい顔かな。
いや、案外子どもかもしれない。
もしかして、女とか？
——……ん？　そういえば、彼が腰につけている剣には見覚えがあるような……。
「セルフィッシュ。自分たちがやったことをしっかり反省するんだ」
「…………なんで？」
兜の下から、あのレイクとかいう素人冒険者が出てきた。
状況がわからず、暫くの間ボーッとする。
そうだ、これは現実じゃないんだ。
幻だ。
僕は質の悪い幻を見ているんだ。

だって、レイクのはずなわけないじゃないか。

念じるように強く思うが、イヤでもじわじわと実感が湧いてきた。

――僕は軽蔑していたレイクに…………命を救われたのだ。しかも、無様にすがりついて。

「う、うわあああああああ！」

屈辱に耐え兼ね、かつてないほどの叫び声をあげた。

自我が崩壊していくのを感じ、深い暗がりへと落ちていった。

□□□

「ゴホッ……ここは？」

気が付くと暗い部屋にいた。

どこかにぶつけたんだろう。

頭がズキズキする。

「ようやく、お目覚めか」

「困ったものですね」

「この人についてくるんじゃなかったわ」

目の前にはメンバーたちがいた。

彼らを見て少し安心する。

「な、なんだ、君たちか。ここはどこだい？」

見た感じ、普通の部屋ではなさそうだ。

明かりもないし、家具も全然置いていない。

早く明るい所に出たいよ。

ギルドにこんな部屋があったかな？

でも、鉄格子みたいな物が見えるけど……。

「「ワーストプリズン島」」

三人は揃って謎の単語を言った。

ハハハ、まったく君たちは何を言っているんだい。

きっと、空耳だろう。

ちゃんと聞き直さないと。

それにしても、声が震えるのはどうしてかな。

「ワ、ワーストプリズン……島？　あの、大罪人を収監する……？」

「「だから、そう言ってるだろ！」」

メンバーはいっせいに怒鳴ってきた。

彼らがこんなに怒っているのは初めて見る。

本当にワーストプリズン島へ連行されたらしい。

た、大変なことになった……。

頭を抱えていたら、隣の部屋から恐ろしい声が聞こえてきた。

「どうやって責任取ってくれるわけ⁉」

「二度と外へ出られないようにしてやるんだから！」

「お前の汚い鼻ピアスをむしり取ってやる！」

「痛い痛い痛い！　鼻が取れる！　お願いだからやめて！　誰か助けてくれー！」

ご、拷問でもされているのか？

な、なんて怖い所なんだ。

怖くなった僕は、メンバーにすがるように言う。

「ど、どうにかここから出よう」

「出られるわけないだろうが！　ふざけんな！」

「私の人生がぶち壊しになりました！」

「アンタのせいでこんな目に遭ったのよ！」

三人は勢いよく僕を殴ってきた。

瞬く間に、全身がボコボコにされる。

「や、やめろ！　いや、やめてください！　痛いよー！　誰か助けてー！」

どうして……どうして、こうなったんだ……。今までずっとうまくいっていたのに。

四方八方から殴られる中で必死に考えていると、一人の男の顔が思い浮かんだ。

そうだ、レイク・アスカーブに出会ってからだ。

――あのとき素直に負けを認めて、一緒に魔族を倒せばよかった……。

全てから逃げたい焦燥感に身を焦がしながら、僕はいつまでも後悔していた。

□□□

「魔族の襲来から街を救ったレイクさん、あなたを救世主として称えます」

「ダーーリーン！」

「うおおおお、レイクー！　アンタは最強の冒険者だああ！」

エビル・デーモンを討伐した俺は、ギルドで表彰されていた。

ネオサラマンダーのときと同じように、街中の人が集まっている。

だが、飾りつけは前よりずっと豪華だった。

しかも、今回はセインティーナさん直々《じきじき》の表彰だ。

すごいなんてもんじゃない。

「さあ、レイクさん。私の髪飾りを受け取ってください。感謝の印です」

「あ、ありがとうございます。すみません、こんな貴重な物を頂いてしまって」

おまけに、セインティーナさんから聖女の髪飾りを貰ってしまった。

金の糸で編まれたレースのような飾りだ。

これは聖女が認めた人にしか渡さないという、大変貴重で名誉な物だ。

はっきりいって、めちゃくちゃ嬉しい。

デザインも死神とかじゃないが素晴らしかった。

早速、コレクションに加えよう。

「レイクさーん！　アンタは最高だ！」

「一度ならず二度も街を救ってくれるなんて！」

「救世主どころじゃない、英雄だぜ！」

俺が髪飾りを受け取ったのを見て、住民たちがまた一段と盛り上がった。

ギルドの中が万雷の拍手で満たされる。

「レイクさん、私からもお渡しする物があります」

拍手に応えていると、群衆の中から太った人が出てきた。

「あっ、モカネチオさん」

「魔族から私たちを守ってくれて、本当にありがとうございます。これは私の個人的なお礼です。どうぞ、受け取ってください」

そう言って、小さな紙を渡してきた。

「なんですか、これ？」

「まぁ、よく見てください」

なんか……小切手っぽいな。

お金を頂けるということなんだろうか。

たいしたことしてないのに、なんだか申し訳ないな。

紙を見るのだが、目玉が飛び出るかと思った。

いや、めっちゃ数字が並んでるんだが。
一、一〇、一〇〇……。
「って、一億⁉　一億エニ⁉」

途方もない金額が書いてあった。

「すみません、全然足りませんよね。命を救っていただいたわけですから。でしたら、その一〇倍でどうでしょうか？」

「足ります、足ります！　十分すぎるほどです！」

本当に一〇億エニ渡されそうだったので、慌てて断った。

これ以上貰うわけにはいかないだろ。

俺の全財産がものすごいことになっていく。

やがて、マギスドールさんがやってきた。

その目は赤くなっていて、深く感動しているようだ。

「レイク、本当にありがとう。お前がいなかったらどうなっていたことか……」

「いえ、俺は自分にできることをしただけです。ミウや他の冒険者たちにも助けてもらったわけですから」

マギスドールさんとがっちり握手を交わす。

最初はあんなに遠かった人なのに、今はぐんと距離が近くなった気がした。

「そこでだな、レイク。俺とセインティィーナ様からお前に頼みがあるんだが」

「頼み？　なんでしょうか？」

マギスドールさんとセインティィーナさんは顔を見合わせている。

真剣な表情をしているけど、どうしたんだろうな。

こっちまで緊張してくるぞ。

つられてドキドキしていたら、セインティィーナさんが静かに言ってきた。

「レイクさん、どうか勇者になっていただけませんか？」

「ゆ、勇者!?」

「すごいじゃないの、ダーリン！」

マジか、予想外もいいところだ。

勇者になってくれだって？

「お、俺がですか!?　いや、無理ですよ！　そんな、勇者なんて大役！」

両手を振って懸命に断った。

もっと適任のヤツがいるだろうに。

「いいえ、決して無理ではありません。レイクさんこそが勇者になるべき人なのです」

「俺からも頼む。エビル・デーモンに襲われたとき、お前のリーダーシップは見事だった。おかげで、被害はほとんどなかった。普通なら、魔族に襲われてこんなことはありえない。お前はみんなを引っ張っていく存在になるんだ」

俺は自分にできることをしただけなのだが。

そもそも、他の人たちが認めないだろうに。

ふと周りを見ると、皆俺を真剣に見ている。

「お願いします！　俺たちを導いてください！」

「レイクさんが勇者になってくれれば私たちも安心です！」

「他にできる人なんていないですよ！」

全員、賛成だった。

ここまで言われたら断るわけにもいかない。

「わ、わかりました。勇者になります」

俺が言うと、集まった人たちがハチャメチャに騒ぎ出した。

「やったああ！　新しい勇者の誕生だあああ！」

「レイクさんがいればずっと平和だぜ！」

「俺たちはこういう人を待っていたんだよな！」

め、めちゃくちゃ喜んでるじゃないか。

ということで、俺は勇者になった。

「流石は、私のダーリンね！　勇者にまでなってしまうなんて！」

「う、うむ……」

勇者になってくれと言われたのは素直に嬉しい。

だが、目指していたのんびり生活からどんどん離れてる気がする。

——傭兵として気楽に暮らすつもりが……。

歓声の中心でそんなことを思っていたときだ。

知らない男がギルドに入ってきた。

見るからに使者って感じの格好をしている。

「突然の訪問、大変失礼いたします。レイク・アスカーブ様はいらっしゃいますか？」

「誰かしら」

「レイクは俺だが」

名乗ると、男はしずしずと近づいてきた。

俺の前で深々と頭を下げる。

「レイク・アスカーブ様。お初にお目にかかります。私は大賢者会の使者、メッセンと申します」

「え？　大賢者会？　なんでまたそんな偉い人たちが」

「あなた様のご活躍を大賢者会が聞いたのです」

メッセンが言うと、ギルドの中は慌ただしくなった。

「レイクさんの活躍はとうとう王都にまで伝わったか」

「むしろ、くるのが遅いくらいだよな」

「流石はレイクさんだ」

大聖女の次は大賢者か。

俺の周りがどんどんすごいことになっていくな。

〔ねえ、ダーリン。大賢者会って何？〕

「ああ、それは…」

説明しようとしたら、マギスドールさんが話してくれた。

「王国の優秀な賢者たちの集まりでな。国の発展のために、古《いにしえ》の魔法やら新しい魔法やらを研究しているんだ。トップはダウンルックという超天才賢者だ。歳は確か、レイクとほとんど変わらなかったはずだぞ」

〔ダーリンは会ったことあるの？〕

「いや、俺も名前しか聞いたことない。そんな人たちがどうして俺なんかに」

メッセンは一通の文書を出す。

王国の紋章で封蝋《ふうろう》されていて、見るからに大事そうな手紙だ。

「レイク・アスカーブ様。大賢者会のダウンルック様からお手紙でございます」

「俺に手紙？　いったい、なんだろう」

「晩餐会《ばんさんかい》とかの招待状かしら？」

「あいにくですが、私はお手紙の内容については知らされておりません」

「確かに、それもそうか」

「では、私はこれにて失礼します」

そう言うと、メッセンはさっさと帰っていった。

「レイク、お取り込み中悪いんだが、そろそろ宴が始まりそうなんだ」

「皆さんに挨拶をお願いできますか？」

手紙を開けようとしたら、マギスドールさんとセインティーナさんがやってきた。

「中身を見るのは宴が終わってからにしましょうかしらね」

「うん、そうするかな」

「レイクさーん！　こっちで飲みましょう！」

「今日も最高級の食材を用意してますよ！」

「またレイクさんのお話を聞かせてください！」

奥のテーブルではたくさんの人が俺を待っている。

ということで、その日はまたどんちゃん騒ぎだった。

■第四章：大賢者と王都の危機■

宴が終わって、俺たちは【呪いの館】に帰ってきた。

早速、文書の封を開けていく。

「さて、どんな手紙だろうな」

〔きっと、ダーリンを称えるお手紙よ〕

開けて見ると、中には真っ白い紙が一枚入っているだけだった。

「あれ、何も書いてないぞ」

〔裏も真っ白だわ〕

「何かのいたずらかな？」

めくったり透かしてみても真っ白だ。

見当もつかず床に置く。

すると、手紙から小さな人間が浮かび上がってきた。

魔法使いのローブみたいな服を着ている。

「君がレイク・アスカーブかね？」

「うおっ、なんだこれは」

〔ただの映像よ、ダーリン。たぶん、遠隔魔法か何かね〕

確かに、触ってみると実体がない。

感心だ。

今どきの手紙は発達しているなぁ。

「私は大賢者、ダウンルックだ。もちろん知っているだろうね？　カタライズ王国始まって以来の超大天才だ。君と違って出自や才能全てに恵まれているのさ」

「は、はぁ……」

――えっと、俺たちは初対面だよな？　なんか、すげえ上から目線なんだが。

「聞いたぞ。ネオサラマンダーや、エビル・デーモンを討伐したそうじゃないか。だが、決して自慢できるようなことではない。無論、私なら十分と経たずに倒せてしまえるが」

「そ、それで俺になんの用だ？」

「ぜひとも、君の実力を確認したいのさ。近頃、魔族の目撃情報が増えているからね。国王陛下が有力な冒険者を把握したいと仰っているんだ。君はこんなこともわからないのか？　まったく、説明を重ねるのは疲れるな」

「お、おお……」

ミニダウンルックは、やれやれといった感じで首を横に振っている。

な、なんなんだ、こいつは。

「まぁ、私は君の力など信じないが。国王陛下が君に会いたいと仰っているのだ。私より強い人間はいないというのに」

どうやら、相当な自信家らしい。

――もしかして俺は、こういうヤツらを引き寄せちまうのか？　今度セインティーナさんにお清めしてもらおうかな。

突然、ミニダウンルックは虚空を見つめ始めた。

こ、今度はなんだ？

「う、美しいお人だ……」

まさかとは思ったが、ミウをじぃっと見ていた。

何度目かの天を仰ぐ。

――おいおいおい……またかよ。

「そ、そなたはなんという名前かね？　教えなさい。言っておくが、私が興味を惹かれる人間など二人といないぞ」

「別に名乗らなくていいからな」

ミウにこっそり伝えた。

また面倒な輩に絡まれるのはイヤだ。

〔いえ、ダーリン。私たちの関係を教えてあげたほうがいいわ。そうすれば諦めるでしょう。結婚しているんだから〕

「それもそうか……って、それについてはちゃんと段階を踏んで……むにゃむにゃ」

〔私はミウ。ダーリンの妻でーす！〕

ミウはミニダウンルックに、例のイケてる指輪を見せた。

そのまま、俺の左手も見せられる。

まぁ、今回はこれを着けててよかったな。

ハッタリでも効果的……。

ミニダウンルックはプルプル震えている。

少しずつ、その顔が赤くなってきた。

「な、なんだと！　貴様、よくも私の運命の人を奪いおったな！　許さん！」

「は？　ど、どうした？」

こ、こいつは何を言い出すんだ。

おまけに、いきなりキレ始めたぞ。

ミニダウンルックは怖そうな顔（全然怖くない）をして睨みつけてくる。

「いいか!?　絶対に王都にくるんだ！　これは国王陛下のご命令でもあるからな！　逃げようとするんじゃないぞ！　もしこなかったら、そのときは……わかるだろうな？」

すまん、全然わからん。

と言うとめんどくさそうなので、黙っておいた。

「まぁ、迎えはよこさないから勝手に頑張ってきてくれ」

ブツン！　と大きな音を立てて、ミニダウンルックは消えてしまった。

「なんだったんだ、あいつは」

「変な人ね」

――まさか…………こいつもやらかしマンじゃないだろうな。

これまでの経験から少々不安になってきた。

いや、待て。

別に問題ないだろ。

だって、大賢者だぞ？

賢者なんて賢いヤツの代表じゃないか。

いったい何をやらかすんだよ。

「王都にこいって言われてもなぁ。どうしようか」

「まぁ、行ってあげたら？　だって、王様はダーリンに会いたいんでしょ？　それに、私も王都を見てみたいわ」

ミウの言うように、こんなときじゃないと王都なんて一生行かないかもしれん。

なんだかんだ、俺もまだ行ったことないし。

そもそも、王様に会う機会なんて滅多にないものだ。

「じゃあ、明日早速行くか。王様も俺に会いたいみたいだしな」

「いえーい！」

そういうわけで、俺たちは王都に向かうことになった。

ダウンルックの件はそこまでたいしたことないと思う。

それより、王都ってどんな所だろう。

カッコいいアイテムがあるといいな。

□□□

「じゃあ、これから俺たちは王都に行ってきますね。マギスドールさん、セレンさん」

「ああ、気を付けてな」

「レイクさん、ミウさん、いってらっしゃい」

〔行ってきまーす〕

俺たちは挨拶もそこそこにギルドから出る。

「さて、じゃあいつものあれで行くか」

〔そうね。さっさと行きましょう〕

「よし、《ダークネス・テレポート》！　行き先は王都！」

一秒後、俺たちは王都に着いた。

「へぇ、ここが王都かぁ」

〔私たちがいた所と全然違うわね〕

グランドビールは色んな物やら人が、雑多に交じった雰囲気だった。

だが、ここはあらゆる物が規則正しく並んでいる。

道は舗装されているし空気もキレイだ。

ざっと見た感じ、俺好みの店はなさそうだった。

残念だなぁ、お土産でも買おうと思ってたんだが。

「人もたくさんいるけど、どう見ても冒険者じゃないよな」

「豪華な服ねぇ。宝石がギラギラ光っているわ」

ここには剣だとか槍だとかを持っているヤツは一人もいない。

たぶん、貴族だろうな。

モカネチオさんみたいな格好の人がいっぱい歩いている。

「みんな金持ちっぽいぞ」

「ダーリンだって、お金持ちでしょ。二億エニ持っているんだから」

「そういえば、そうだった」

あまり意識していなかったが、俺はいつの間にか結構な金持ちになっていた。

「まずは、王様へ会いに行ったほうがいいかな？」

「そうねぇ、私もそう思うわ。あの手紙を見せれば会ってくれそうだけど」

どうしようかな。

王様ってそんな気軽に会えるもんなのか？

ダウンルックに紹介してもらったほうがスムーズかもしれない。

「それで、あいつはどこにいるんだろう。《ダークネス・テレポート》で押しかけるのもよくない気がするし」

「誰かに聞いてみる?」

ミウと話していると、衛兵みたいな人が歩いてきた。

その人だけ槍を持っている。

「ちょうどよかった。あの人に聞いてみよう……すみません、ちょっといいですか?」

「おい、お前ら、どこからきた。貴族じゃないな、王都になんの用だ」

話しかけただけなのに、いきなり槍を突きつけられた。

な、なんだ?

「どこからって、グランドビールですよ」

「そんな田舎から何しにきたと聞いているんだ」

グランドビールは結構な大都市なのだが、田舎と吐き捨てられた。

まぁ、王都に比べたら田舎か。

「ダウンルックに呼ばれたんです。どこにいるか知ってますか?」

「ダーリンに会いたいんだって」

「貴様!　ダウンルック様を呼び捨てにするだと!　不敬罪だぞ!」

マジかよ。

呼び捨てにしただけで罪に問われるってヤバすぎだろ。

「おい、どうした。騒がしいぞ」

「ダ、ダウンルック様！　申し訳ありません！」

どこからか、男の硬い声が聞こえてきた。

とたんに衛兵は直立する。

「ダーリン、あの人……」

「大賢者様のお出ましか……」

向こうからダウンルックがやってきた。

当たり前だが、ミニダウンルックがそのまま巨大化した感じだ。

肩まである長い金髪に切れ長の赤い目。

全身から私はすごい！　というオーラが滲み出ている。

いけ好かないヤツだなぁ。

とはいえ、とりあえず挨拶しとくか。

「どうも、こんにちは。俺がレイク・アスカーブだ。といっても、手紙でも話したよな。言われたとおりきたんだが……」

「き、貴様！　どうして、もう王都にいるのだ!?　馬車に乗っても一週間はかかるはずだぞ！」

なんかダウンルックはめっちゃ驚いている。

どうしたんだ？

あっそうか、王都とグランドビールは結構離れていたっけ。

「転送魔法っていうのかなぁ。《ダークネス・テレポート》っていう闇魔法が……」

「て、転送魔法だと⁉　ウソを吐くな！　王都は転送魔法を封じる、Sランクの強固な結界で囲まれているんだ！　この私が開発した素晴らしい魔法がな！　入れるわけないだろうが！」

ダウンルックは大騒ぎしていた。

もうちょっと静かに話せんのかね。

闇魔法は全てSSSランクだから、Sランクの結界なんてガン無視なんだろう。

しかし、そう言ったところで逆効果な気がする。

ダウンルックはしばらく騒いでいたが、ミウを見るとすぐに爽やかな笑顔になった。

「そなたがミウ君だね、美しい。その男に囚われているんだろう、かわいそうに」

〔この人も気持ち悪い……〕

ダウンルックはさっきから下心丸出しだ。

目がニヤニヤしっぱなしで、鼻の下がだらしなく伸びていた。

やっぱり、この国には貞操観念ないマンが多すぎるぞ。

そのうち、周りの女性たち（ミウ以外）が騒ぎ出した。

「キャー、大賢者様ー！　カッコいいですわー！」

「この後一緒に、お茶を飲んでくださいませー！」

「また私に魔法を教えてくださいー！」

すごいキャーキャーしているな。

ダウンルックは慣れた様子で手を振っている。

なんだか、こいつも女好きっぽい。

と、思ったら、ダウンルックはカッコよさげに遠くを指さした。

「すぐそこに王宮広場がある」

「お、おお」

――まさか、この流れは……。

「この僕と魔法勝負をしてもらおうか。君に実力の違いを見せつけておく必要がありそうだ。もちろん、逃げることは許されない。これは正式な決闘だからね」

「実力の違い……」

ダウンルックはめちゃくちゃなドヤ顔をしている。

絶対に自分が勝つと確信しているようだ。

「待っていてね。僕の運命の人。今すぐ、その悪魔から解放してあげるから」

もはや、ミウはシカトしていた。

「も、もし俺が勝ったら、もう絡まないでくれるだろうか？」

「ふんっ、いいだろう。そんな可能性は万に一つもないがな」

ダウンルックは意気揚々と歩きだし、超余裕そうにギャラリーへ手を振っていた。

「ダウンルック様ー！　そんな庶民やっつけてくださいましー！」

「眺めているだけで倒れてしまいそう！」

「ダウンルック様の雄姿をこの目で見られるなんて、今日はとてもラッキーですわ！」

相変わらず、貴族令嬢たちは歓声をあげている。

「ダーリンだったら、あんなヤツ瞬殺ね。実力の違いを見せてやるのよ」

「う、うむ……」

——おいおいおい、またこの展開かよ。

俺は重い足取りでついていく。


「さあ、始めようか。言っておくが、手加減はしない。貴様が本当にネオサラマンダーやエビル・デーモンを倒したのなら、そんな必要はないからな。最初から本気で戦わせてもらうぞ」

「お、おう……」

「いっけー、ダーリン！」

その後、俺は王宮広場でダウンルックと向かい合っていた。

周りには女だけでなく、男性貴族も集まっている。

「ダウンルック様ー！　カッコいい！」

「庶民なんか瞬殺してやってー！」

「今日はどんな魔法が見られるんだろう！　楽しみだなぁ！」

ダウンルックは笑顔で手を振って声援に応える。

その度に貴族たちは大騒ぎだ。

いつものように置いてけぼり感が半端ない。

ギャラリーの中から、これまた偉そうな貴族が出てきた。

「私が審判を務めさせていただきます。初めに申し上げますが、これは正式な決闘でございます。両者は互いの命を懸け、正々堂々と戦うように」

さっきからダウンルックは俺を怖い目で睨んでいる。

かと思うと、ミウには満面の笑みを向けていた。

「ルールは魔法だけで戦うこと！　武器の使用や腕力による攻撃は即失格です！」

魔法だけかぁ。

まぁ、そりゃそうだよな。

【悪霊の剣】の残念そうな顔が思い浮かぶ。

「始め！」

「では、私からいくぞ！」

「よし、こい！」

と、言いつつも、俺はちょっと楽しみだった。

なんてったって相手は大賢者だ。

いったいこいつはどんな魔法を使ってくるのかな。

「火の精霊よ……水の精霊よ……我が魔力を糧とし、その神聖な力を……ブツブツ」

ダウンルックはめっちゃ長い呪文を唱えだした。

「キャー、すごい！　ダウンルック様の詠唱が始まったわ！」

「見て、あの集中したお顔！　最高よ！」

「ダウンルック様は長い呪文を唱えることで、魔力の親和性を高めているのだ！」

群衆は大盛り上がりだが、俺は至って冷静だった。

――いや……これはすごいのか？

だって、その魔法がいくら強くても隙だらけじゃん。

サポートしてくれる仲間がいれば別だけどさ。

ここがダンジョンだったらもう殺されてるぞ。

もしかして、ダウンルックに実戦経験はないんじゃ……。

「……くらえ！　《フレイム・アクア・ドラゴーネ》！」

炎のドラゴンと水のドラゴンが、勢いよく俺に襲いかかってきた。

キラキラ輝いていてとても美しい。

「なんてキレイな魔法なの！　見てるだけで心が奪われちゃう！」

「こんなのダウンルック様以外に使えるわけないわ！」

「反対属性のSランク魔法を同時に使うなんて、流石は大賢者様だ！」

貴族たちはダウンルックの魔法をウットリと見ている。

あと、さっきから解説役っぽい人がいる気がするんだが。

「ハハハハハ！　この魔法は私が開発した最強の自信作だ！　消えてなくなれ！」

ドラゴンズが俺に当たった。

が、痛くもなんともない。

【地獄のポーション】で自動に全回復されているんだろうな。

服も燃えたりしていないのはありがたい。

特別な衣類なのかもしれない。

おまけに、身体能力666倍ときたもんだ。

いくらダウンルックの魔法が強くてもしょせんはSランク。

〝呪われた即死アイテム〟に勝てるわけがないってことだ。

〔流石は、私のダーリンね！　何もしないで勝てちゃいそうよ！〕

「な、何!?　直撃しても無傷だと！　だが、私の本気はまだまだこれからだ！　覚悟しろ！」

そう言うと、ダウンルックはさらに魔力を込め始めた。

炎と水のドラゴンがどんどん大きくなる。

「こんなすごい魔法、見たことないわ！」

「あの庶民ったら、ぼんやりしているだけよ！」

「ダウンルック様の魔力がさらに練り上がっている！　それで、ドラゴンが巨大化したんだ！」

ドラゴンは巨大化するものの、俺の体には何も変化がない。

熱くもないし冷たくもない。

もちろん、傷がついたりすることもない。

これ以上バトルを続けても意味はなさそうだ。

だって、最強の自信作って言ってたもんな。
さっさと終わらせるか。
——【闇の魔導書】こい！
周りからは炎と水の渦で見えないだろうが、亜空間から一瞬で転送されてきた。
「さてと、なんかいい魔法はないかなぁ」
早速ページをペラペラめくる。
これは魔法バトルだから、【悪霊の剣】とかは使えないのだ。
おっ、こいつはどうだ。

《ダークネス・ブラックホール》
ランク：SSS
能力：超重力の空間へ永遠に閉じ込める

うん、やめよう。
なぜならダウンルックが死ぬから。
それなら、これはどうだ。

《ダークネス・メンタルデストラクション》
ランク：SSS
能力：精神を破壊し再起不能にする

つ、次……。

《ダークネス・ナイトメア》
ランク：SSS
能力：決して目覚めない悪夢に誘い無限の苦しみを与える

……。

《ダークネス・ビックバン》
ランク：SSS
能力：全ての存在を破壊する爆発を起こす

ダ、ダメだ。
どれもこれもオーバーキルすぎる。

間違いなく、ダウンルックをぶっ殺しちまう。

そして悩んでいる間にも、ドラゴンたちは俺を襲っている。

「な、なんで私の魔法が効かないのだ!? お、おかしい！ こんなことありえないぞ！」

ダウンルックは必死の形相で魔力を込めていた。

効くわけないだろうよ。

だって、お前の魔法はSランクなんだから。

〝呪われた即死アイテム〟を飲んだ俺には、何も効かないんだって。

勝負の行方は既に見えていた。

だが、闇魔法を使うと、ダウンルックが即死する。

うおおお、どうすりゃいいんだ。

「ね、ねえ、なんだか様子がおかしくありませんか？」

「ダウンルック様の魔法が全然効いていませんわ」

「あ、あの男はきっと、とんでもないパワーを宿しているんだ！」

ギャラリーがざわざわしている。

それを見て、ダウンルックも慌てていた。

「ふ、ふんっ！　防御力は高いようだが、守っているばかりでは勝てないぞ！　さあ、攻撃してこい！　それとも攻める勇気がないのかな⁉」

「そうじゃなくてだな」

——攻めたいのはやまやまなんだが、お前のレベルにあった魔法がないっつうの！

ああもう、どうしよっ！　って思っていたら、あることに気が付いた。

そ、そうだ！

解呪用の魔力弾を使えばいいんだよ！

困ったときの解呪頼みだ！

よし、早速……おっと、最小パワーで出さないとまずいよな。

やらかし勇者と違って、こいつは賢者だ。

体を鍛えているとも思えない。

万が一にも殺しちまったら大変だぞ。

「《解呪》！」

かつてないほどの低パワーで魔力弾を発射した。

「あの庶民、何か出しましたわよ」

「あんな魔法しか使えないなんてみっともないですわね」

俺の魔力弾は、ゆっくりとダウンルックに向かっていく。

「ハハハ！　なんだ、そのへなちょこな魔法は！　いや、魔法ですらない、ただの魔力の塊じゃないか！」

「おい、油断するなよ」

「油断⁉　こんなのくらっても平気さ！」

ダウンルックはヘラヘラ笑っている。

「頼むから受け身の準備をしてくれ」

「はあ？　受け身？　なんでそんな必要が……ぶごあ！　ぐげえええええ！」

魔力弾が当たった瞬間、ダウンルックはすごい勢いで吹っ飛ばされた。

そして、後ろの木に激突する。

なぜかちょうどいい所に生えているもんだ。

そういえば、同じような光景をどこかで見たぞ。

こういうのをデジャヴっていうんだよな。

「ダウンルック様⁉　大丈夫でございますか⁉」

「お、お気を確かに！」

「ただの魔力弾でここまでの威力とは！　あいつはただ者じゃないぞ！」

「さっすが、ダーリンね！　これが実力の違いよ！」

驚いている貴族たちの中から、ミウが笑顔で近寄ってきた。

ダウンルックは強打してそうけど、まぁ平気だろ。

それでも一応心配なのでヤツに近づいていく。

「お～い大丈夫かぁ～ダウンルック～？」

ダウンルックはぐったりしたままピクリとも動かない。

体も変な方向に曲がっていた。

ヤベぇ、殺しちまったか!?

心の中で焦りまくっていたら、ヤツはむくりと起き上がった。

ああ、よかっ……。

「うわあああん、いちゃいよー！　ママァー！　悪いヤツがいじめたぁー！」

「「え？」」

いきなり、ダウンルックは泣き出した。

人目も憚らず、わんわんと泣いている。

「み、皆さん、見ましたか？　ダウンルック様が圧倒されましたわよ。それにしても、あの醜態はちょっと……」

「え、ええ……いくらなんでも気持ち悪いですわ……大賢者様ですのに……」

「もしかして、あいつのほうが強いんじゃ……」

貴族たちもドン引きしている。

「魔法すら使わずに勝っちゃったわね！　すごいわ、ダーリン！」

ミウがむぎゅうっと、くっついてきた。

「お、おお……」

「ママァー！　こいつをやっつけてよぉー！」

みんなから白い目で見られる中、ダウンルックはいつまでも泣き叫んでいた。

□□□

「レイク様、向こうに見えるのが王宮でございます」

「へえ、王様はあそこに住んでいるのか」

「すごく大きなお城ね」

俺とミウは衛兵に案内され、王宮へと向かっている。

ダウンルックとの魔法バトルが終わって、王様に謁見《えっけん》するときがやってきた。

俺が勝利したので、衛兵の攻撃的な態度も変わっている。

そして、例のあいつはというと……。

「クソッ、なんで私が付き添いなどしなきゃならんのだ！　国王陛下に言われなければぱっ！」

俺たちの後ろからノロノロついてきていた。

どうやら、王様に付き添いを命じられたらしい。

ずっと怖い顔をしていてオーラがヤバいのだが……。

歩いていると、道端に貴族令嬢たちがいた。

「またなんか悪口を言われるのかね」

「そんなの無視してればいいわよ、ダーリン」

少し身構えていたが、初めて王都にきたときとは全然反応が違った。

「ダウンルック様のお話聞きまして？　みじめに泣き叫んでいたそうよ」

「ママーですって、気色悪いですわ」

「今まで慕っていたのが恥ずかしいくらいね」

微妙に聞こえるか聞こえないかくらいの大きさで、コソコソ話していた。

ダウンルックの歯ぎしりが聞こえる。

――大丈夫かな、あいつ。

そっと後ろを見たら、俺をめちゃくちゃ睨んでいた。

「レイク・アスカーブ……貴様だけは許さない……よくも私に恥をかかせたな……」

しかもブツブツ言ってるし。

どうやら、俺はダウンルックの恨みを買ってしまったらしいな。

一五分も歩かずに王宮へ着いた。

近くで見るとやはりとても大きい。

最低でもグランドビールのギルドの三倍はあるかもな。

「レイク様、ここが宮殿でございます。このまま、カタライズ王がいらっしゃる場所までご案内します」

「王様って、いつもどこにいるんですか？」

「王の間です」

「ふ〜ん、どんな感じだろう。インテリアの参考にしたいな」

〔ダーリンが想像しているのとは結構違うと思うわよ〕

階段を何階分も登り、超長い廊下を歩くと重厚な扉の前にきた。

「こちらが王の間でございます。それでは心の準備はよろしいですか？」

「だ、大丈夫です」

思わずゴクッと唾を飲む。

他の場所と違って、ここだけ雰囲気がまったく違った。

相手はカタライズ王だ。

当たり前だが、この国で一番偉い。

セインティーナさんのときもそうだったけど、流石に緊張するな。

ミウはどうだろう。

流石に少しは……。

「まったく問題ないわ」

わかっていたけど、ミウはいつもどおりだった。

「レイク殿をお連れしました！」

「し、失礼します！」

「こんにちはー」

衛兵に連れられ中へ入る。

王の間は明るかった。

全体的に白い装飾で清潔感に溢れている。

黒くて暗い雰囲気じゃなく、少々がっかりした。

正面には大きくて豪華なイスが置いてある。

玉座だ。

そして、そこに座っているのが……。

「お主がレイク・アスカーブか。よくきてくれたな。我が輩がカタライズ王だ」

王様は背が高くて、骨太な体つきだった。

目元に刻まれた皺《しわ》が優しそうな印象だが、豊かな口ひげが威厳を醸しだしている。

「レ、レイク・アスカーブです。この度はお招きいただき誠にありがとうございます」

「私はミウよ」

「しかし、手紙を出したのはついこの前だが、もう着いたのか？　随分と早い馬を持っているようだな」

「いえ、馬ではなくて、転送魔法で王都にきたんです」

「……転送魔法？　王都には結界が展開されているはずだが？」

「なんか全然問題なかったですね」

そう言ったところで、急に不安になってきた。

今、俺が話しているのは王様。

ギルドの冒険者ではない。

——王様になんか、とか言わないほうがよかったか？　いつものノリで話しているけど、失礼じゃないよな？

「ワハハハ！　全然問題なかったか！　ダウンルックよ、結界をより高度なものに変える必要がありそうだ！」

王様は豪快に笑っていた。

余計な心配だったらしい。

「レイク殿。お主はグランドビールでかなり活躍したそうだな。ネオサラマンダーに、エビル・デーモンの討伐。誰にでもできることではない」

「ありがとうございます。でも、俺は自分にできることをしただけですから……」

「ダーリンったら、すごいじゃない。王様に褒められるなんてそうそうないわよ」

「ミ、ミウ、静かにしなさい」

さっきから、ミウが耳元でこしょこしょ話してくる。

耳がくすぐったい……じゃなくて、王様に失礼があったらどうするんだ。

「ダウンルックとの決闘にも勝利したと聞いたぞ。大賢者に勝つとは、お主は相当な魔法の使い手だな。ダウンルックもこれを糧に、より強く成長するように」

「ど、どうもありがとうございます」

すげえ、王様に褒められた。

ずっと黙っていたダウンルックが急に喋りだす。

「お言葉ですが、国王陛下！　わ、私は負けてなどおりません！　あれはまぐれだったのです！」

「ふむ、ダウンルックよ、お主が素晴らしい魔法を開発しているのは、我が輩もよく知っている」

「国王陛下、ありがとうございます！」

王様に言われると、ダウンルックはとたんに笑顔になった。

「あの魔法の美しさは言葉では説明できません！　どうでしょうか、今ここで発動させて……」

「だが、聞いた話では呪文詠唱が長すぎるようだな」

「そ、それは……あの美しさを保つには詠唱を短くするわけにはいかず……」

「お主は少々、芸術性や見た目のよさにこだわりすぎてはいないか？　魔法というのはもっと実用的であるべきではないかね」

その言葉を聞くと、周りの衛兵たちがこっそり笑っていた。

ダウンルックはプルプル震えている。

顔も真っ赤だった。

まぁ、王様の言うことは理にかなっているよな。

キレイな魔法を目指すのも大事だろうが、やっぱり使うのは簡単なほうが嬉しい。

「私はカタライズ魔法学院を首席で卒業したのですぞ！　その私が考える魔法は、どれも素晴らしいに決まっております！」

「そういえば、お主は実際にモンスターと戦ったことがなかったな。一度、レイク殿にモンスター討伐を教えてもらったらどうだね？　実戦を経験すれば、また新しい発想も浮かんでこようぞ」

「ぐっ……！」

ダウンルックはすごく怒っているようだった。

何かフォローしたほうがいいのかな。

「お、王様！　大変です！」

突然、王の間に衛兵が走り込んできた。

息も絶え絶えになっている。

「どうした、今は大事な話をしているところだ。静かにしたまえ」

すぐに連れ出されそうになっていたが、衛兵は必死に抵抗している。

一呼吸置くと、叫ぶように言った。

「ま、魔族の軍勢が攻めてきました！」

王の間に緊張が走る。

「な、何⁉　魔族の襲来だと⁉　王都に向かっているのか⁉」

「はい！　辺境の警備隊から連絡がありました！　王様、あそこを見てください！」

衛兵が大きな窓を指した。

遠くの空に黒い点々がいっぱい見える。

ぐんぐん、こちらに近づいていた。

「なぁ、ミウ。この前みたいにリーダーが魔族で、他はモンスターなのかな？」

〔いいえ、全部魔族よ。随分多いわね〕

こんなにたくさんの魔族なんて初めて見るな。

今度は城を転送せず、直接攻めてきたようだ。

「今すぐ住民を避難させよ！　迎撃態勢を整えるんだ！　我が輩より住民の安全を優先しろ！」

「し、しかし、パニックになっていて、避難誘導がうまくいきません！」

衛兵に言われ街のほうを見ると、道は大きな馬車で溢れ返っている。

「おい、そこをどけ！　通れないだろうがよ！」

「お前こそ道を譲れ！　邪魔するな！」

「私を先に通しなさい！」

誰が先に避難するかで揉めに揉めていた。

貴族たちは全財産を持って逃げようとしているんだろう。

みんな、すごい大荷物を抱えていた。

これでは避難どころではない。

王様も大慌てで指示を出す。

「王都警備隊はどうした⁉　常に戦いの準備をさせているはずだ！」

「住民により道が塞がっているせいで、警備隊も動けません！」

「なんだと⁉」

よく見ると、貴族の中に武装した人たちがいた。

剣とか槍を持っている。

だが、全ての道がぎゅうぎゅうになっていて、まるで動けないようだった。

「王様だけでもお逃げください！　魔族たちはすごいスピードで近づいています！　今ならまだ間に合います！」

「ならん！　民を置いて我が輩だけ逃げることなどできん！　ぐぅ、どうすればいいのだ！」

王様が頭を抱えていると、ダウンルックが意気揚々と出てきた。

「国王陛下！　私にお任せください！　これだけ距離が離れていても、私の遠距離魔法で全滅させられます！」

「本当か、ダウンルック⁉」

「お任せください！」

そしてダウンルックは、俺を思いっきり見下してきた。

「私と貴様の格の違いを見せてやるからな。この無能め」

「お、おう……わかったから、早く倒してくれよ」

「ふんっ、そこで眺めているといいさ……衛兵、何をやっている!? 私が仕掛けた対空魔大砲《アンチエア・マジックキャノン》があるはずだ！ さっさと用意しろ！」

ダウンルックが衛兵に怒鳴りつける。

「は、はい、承知しました！」

衛兵は大慌てで飛び出していった。

「ご安心ください、国王陛下。私の開発した魔法兵器で全滅させてみせます」

数分も経たずに、城の壁からでかい大砲が出てきた。

砲身には複雑な魔法陣が刻まれており、見るからに特別な武器だとわかる。

「おっ、あの大砲でやっつけるのか？」

「うまくいくといいけどね」

ダウンルックは大砲に手を当て、呪文を唱えだした。

魔力を注ぎ込んでいるようだ。

「……精霊たちよ……数多の豪儀《ごうぎ》な存在よ……我が身に、その力を貸し与え……魔に染まった者たちを、灼熱と雷撃の矢で射落とせ……《フレイム・サンダーボルト・アローキャノン》！」

詠唱が終わると、大砲から魔力の塊が放たれた。

ドでかいファイヤーボールに、バチバチ迸る電撃がまとわりついている。

火と雷の属性が付与されているようだ。

へえ、結構強そうだな。

直後、弾は魔族の群れに命中した。

遠くでモクモクと煙が巻き上がる。

ダウンルックはとても喜んでいた。

「よし、いいぞ！　ご覧いただきましたでしょう、国王陛下！　魔族どもは全滅……」

しかし、魔族がやられている様子はない。

一匹も墜落せずに、こちらに飛んできていた。

「ダウンルック！　全然効かぬではないか！　なんだ、その兵器は！」

「そ、そんな、全て高ランクの素材で作っているのに……こ、これは何かの間違いでございます！　きっと、大砲の準備が間違っていたのです！　すぐに修正させます！　おい、お前ら、ちゃんと準備しろ！」

ダウンルックは衛兵を怒鳴り散らしている。

俺はミウにこっそり聞いた。

「なぁ、今回の魔族たちって強いのかな？　ダウンルックの攻撃が全然効かなかったぞ」

「いいえ、まったくたいしたことないわ。それより、あいつらをよく見てごらんなさい」

ミウに言われ、魔族の群れをジッと見る。

うっすらとバリアのような物が見えた。

「バリアみたいのが見えるんだが」

〔魔族たちはSランクの結界を張っているわ。力を結集させているから、結構な堅さはありそうよ。だから、大砲の攻撃が効かなかったの。まぁ、攻撃自体も威力より見た目に魔力が使われてたけど。でも、ダーリンだったら一瞬で倒せるでしょう〕

「そうか、教えといたほうがいいよな」

情報を伝えるため、王様の元《もと》に行く。

「あの、王様。魔族たちは結界を張ってるんで、大砲の攻撃は効かないと思います」

「け、結界だって⁉　それは誠か、レイク殿！　おのれ、魔族どもめ！」

「貴様ぁ！　でたらめを言うんじゃない！　国王陛下、騙されてはなりませんぞ！」

「お、おい、やめろよ」

いきなり、ダウンルックは俺に摑みかかってきた。

こんなときになんだよ、こいつは。

本当に大賢者なのか？

「やめないか、ダウンルック！　レイク殿、我らとともに戦ってくれないか⁉　グランドビールを救ったというお主の力、今こそ拝見したい！」

「ええ、もちろんです、王様」

〔やっちゃえ、ダーリン！〕

俺は窓の近くに歩いていく。

途中、ダウンルックがまた何か言ってきた。

「貴様のせいで王都が壊滅しなければいいがな。まぁ、せいぜい事故を起こさぬことだ」

ダウンルックは相変わらず、俺を舐めたような顔で見ている。

まったく、こいつは……。

何はともあれ、魔族から王都を守らないとな。

『ここが王都か。ふん、悪くないな。少々狭いが、人間どもがいなくなれば広くなるだろう。さて、殲滅前に自己紹介してやるか。私は〝魔将軍〟のルシファー・デビルだ。ここを制圧し、人間界侵略の拠点とする』

魔族はまたテレパシーみたいな感じで話してきた。

しかし、こいつらはなんで人間を襲ってくるのだ。

魔界に住んでればいいだろうが。

貴族たちもテレパシーに気づいたようで、次々に悲鳴をあげた。

「きゃー！　何あれ！　空を見て、気持ち悪いのがいっぱいだわ！」

「ま、魔族だー！　おい、早くそこをどけ！」

「うるさい！　俺が先に逃げるんだよ！」

だが、パニックがひどくなるだけだ。

王都は悲鳴と怒号で溢れ返っている。

『ハハハハハ！　やはり、人間どもは愚かで弱い！　見ているだけでおかしくなるわ！　部下を率いてくるほどでもなかったな！』

先頭にいるヤツは、エビル・デーモンの二、三倍くらい大きかった。

頭の横からうねうねした角が二本生えている。

鋭くて頑丈そうな爪もあった。

たぶん、あいつがボスで間違いないな。

衛兵たちが呆然と眺めている。

「魔族が攻めてきたぞ！　こんなにたくさんいるのかよ！」

「しかも、〝魔将軍〟だって!?　これは大変なことになっちまった！」

「お、俺たちはここで死んじまうのか!?」

ルシファー・デビルもSランクだ。

だから、一般的にはめっちゃ強いヤツってことだな。

それに魔王軍の将軍らしいし。

ざっと見た感じ、周りの魔族たちもランクが高そうだ。

どいつもこいつも凶悪なツラしてやがる。

そして、ルシファー・デビルを中心に、強固な結界を張っている。

今も衛兵たちが弓矢で攻撃しているが弾かれるだけだった。

『さあ、貴様らの領土を渡すがいい！　我ら魔族が代わりに地上を治めてやろう！』

「渡すわけないだろうがよ。いくらなんでも自分勝手すぎるぞ」

〔魔族って、こんなヤツしかいないのかしらね〕

俺たちは呆れ返っていたが、王様はブルブル震えている。

「レ、レイク殿、魔族がたくさんいるぞ……おまけに、〝魔将軍〟が直接攻めてくるとは……これはカタライズ王国始まって以来の危機だ」

「大丈夫ですよ。危ないので王様は下がっていてください」

「い、いや、しかしルシファー・デビルが……」

〔ダーリンがすぐにやっつけるから安心して〕

王様も怖がっているし、さっさと片づけることにした。

さて、どうやって倒そうかな。

こいつらは街の上を飛んでいるから、落ちたりすると大変だ。

そうだ、あの魔法を使ってみるか。

ちょうどいいヤツがあったはずだ。

「《ダークネス・ブラックホール》！　対象は魔族全て！」

一秒後、上空に黒くて巨大な穴が出現した。

途方もない魔力が迸っている。

王様もダウンルックも驚愕の表情だ。

「あ、あれはいったいなんだ。我が輩も初めて見る魔法だ」

「ま、まさか……あれは闇魔法じゃないか。どうして、こんな男が使えるのだ……」

〔ダーリンは特別なのよ〕

黒い穴はゴゴゴ……と唸っている。

と、思ったら、魔族の軍勢を容赦なく吸い込み始めた。

『ぐっ！　な、なんだ、これは！』

『凄まじい力だ！』

『ダ、ダメだ！　振りきれない！』

魔族一匹も逃さず、どんどん吸い込んでいく。

王様やダウンルック、衛兵たちも驚いているばかりだ。

「すごい！　魔族どもが吸い込まれていくぞ！　レイク殿！　お主は素晴らしい魔法使いだ！」

「こんなことが……ありえるのか……？　私ですら使えなかった闇魔法が、こんなあっさり……」

みんなと一緒に、俺も感心しながら眺めていた。

やっぱり、派手な魔法は気持ちいいな。

「へえ、すごいパワーだ。魔族があっという間に吸い込まれていくぞ」

〔流石はダーリンね。こんな魔法も簡単に使えちゃうんだから〕

眼下から、街にいる貴族たちの声が聞こえてくる。

みんな上空を見つめるばかりだ。

「お、おい、あれを見ろ！　魔族が吸い込まれていくぞ！　誰が魔法を使っているんだ？」

「王宮を見て！　あの冒険者みたいよ！」

「な、なんてとんでもないヤツだ！　圧倒的じゃないか！」

街のほうから歓声が轟いた。

――いや、これが日常なんだよなぁ。ま、この調子だと大丈夫そうだ。

俺の後ろのほうでは、衛兵たちがコソコソ話している。

小声だが反響してよく聞こえた。

「なあ、大賢者様の魔法攻撃は魔族に全然効かなかったよな」

「もしかして、ダウンルック様って意外と弱いんじゃないの？　いつも威張ってばかりだし」

「あの冒険者の人が強すぎるんだよ」

こんなこと言われちゃ、ダウンルックもイライラしているだろう。

そんな中、ルシファー・デビルは最後まで頑張っていた。

だが、もう限界なのが見てわかる。

既に体が半分以上吸い込まれていた。

『ふっ、これがウワサに聞く〝呪われた即死アイテム〟か。計り知れないほどの力だ。そして、それを使いこなすお前もまた、我らの脅威と……ぐあああああ！』

ルシファー・デビルも吸い込まれちゃった。

黒い穴はピッタリのタイミングで消えている。

王都を襲った魔族は秒で消え、平和が訪れた。

これでもう万事解決だ。

「やったわね、ダーリン！　強すぎよ、大好き！」

「ミ、ミウ!?　だから、あんまりくっつくなって！」

こんなにベタベタしているところを見られたら、流石に失礼な気がする。

俺はチラッと王様たちを見た。

みんなポカンとしている。

――ヤ、ヤバい……。

「レイク殿！　お主のおかげで王都が救われましたぞ！」

いきなり、王様が抱きついてきた。

口ひげが当たって痛い……じゃなくて、いったいどうしたんだ？

王様だけでなく、周りの衛兵たちも興奮した様子で集まってきた。

「アンタがこんなにすごいなんて思わなかったよ！」

「失礼な態度を取って申し訳なかった！　謝らせてくれ！」

「もしかして、大賢者様と同じくらいの力を持っているんじゃないか!?」

ダウンルックを見ると、あいつはまた怒っているみたいだった。

「私は絶対に信じないぞ！　お前などに闇魔法が使えてなるものか！」

「コラ、ダウンルック！　レイク殿は王都を救ってくれたのに、なんてことを言うんだ！」

「この国で一番の魔法使いは大賢者の私です！　この事実は絶対に変わりません！」

ひとしきり怒鳴ると、ダウンルックはずかずかと地下に行ってしまった。

まったく、もうちょっと仲良くしてくれてもいいのにな。

大賢者とか呼ばれたりすると、気難しくなってしまうのだろうか。

「お気を悪くしないでくれ、レイク殿。ダウンルックはプライドが高いところがあってな。時々、あんなふうな態度をとってしまうのだ。後で我が輩から言っておこう」

「いえ、俺は別に大丈夫ですから」

「ダーリンは優しいわねぇ」

ということで、俺は無事に魔族の襲来を撃退した。

これで、王都にも平穏が訪れるはずだ。

【間章：ダウンルック】

「おのれ、おのれ、おのれ、おのれ！　許さん！　許さんぞ、レイク・アスカーブ！」

私は地下への階段を勢いよく歩いていた。

この先には私の研究部屋がある。

カタライズ王も知らない秘密の場所だ。

「今度こそ、あいつを圧倒してやる！　絶望的な格の違いを見せてやる！　この私、大賢者ダウンルック様の本当の力をな！」

以前から私は、禁忌とされている闇魔法を研究していた。

力を得るためだ。

もちろん、公にはできない。

だから、王国の無益な仕事の合間に細々と進めていた。

ずっと前からわかっていたが、今日はっきりしたことがある。

――やはりカタライズ王は、私のすごさを理解していない。

私はそれが、とにかくイヤだった。

「いずれこの国も私の物にしてやるぞ。愚かな国民どもも、私のような人間に支配されるほうが嬉しいに決まっている」

私は大賢者ということで、愚民どもから崇められている。

だが、それだけでは到底満足できなかった。

自分の上に誰かがいるということが、心の底から許せない。

「カタライズ王め。人が下手に出ていればいい気になりやがって。あれこれ指図するな。私のことをなんだと思っているんだ。まったく、不愉快極まりない」

愚か者を支配するのは、私のような大天才だ。

それなのに、カタライズ王は私を軽んじている。

そして、そこに現れたレイク・アスカーブ。

あいつはいささか調子に乗っているようだ。

私に少しダメージを与えたからといって、勝ったつもりになっている。

あれはまぐれだ。

この前の決闘では本気を出していなかったのだ。

「私が全力を出せば、あのゴミなど一瞬で倒せる。しかし、あんなヤツでも使い道はあるもんだ」

送りつけた手紙を介して見た、素晴らしい美女を連れてきたのだ。

実物はさらに美しく、目を奪われるほどだった。

たぶん、私への献上品ということなのだろう。

レイク・アスカーブを倒した暁には、銀髪女神を私の物にしてやる。

私のような大天才には、彼女みたいな美人でないと釣り合わないからな。

あの男は我々を騙しているのだ。

先ほどの闇魔法だって偽物に違いない。

「私は絶対に信じないぞ。あいつが使ったのは、決して闇魔法などではないんだ。失われた闇魔法を使うのはこの私、ダウンルックだ」

階段を下り、秘密の研究部屋に着いた。

ここには闇魔法に関するあらゆる書物や魔道具がある。

私の長年の研究成果だ。

闇魔法を支配すれば、王国どころか世界だって手に入れられる。

「クックックッ、その日も近いな。やはり、私は大天才だ」

つい最近、私はある闇魔法の解読に成功した。

呪いの精霊という、かつて世界を滅ぼしかけた存在を呼び出す魔法だ。

これは禁断の魔法とされているが、そんなことは関係ない。

そいつらを使ってレイク・アスカーブを倒し、この国を、いや、この世界を手中に収めてやる。

当たり前だが、これは反乱ではない。

愚か者たちに正義を執行するだけだ。


「待ってろ、レイク・アスカーブ！　格の違いを見せてやる！」


大鍋に色んな材料を入れていく。

煎じて飲むと寿命が百年延びるとされる百年草、不死といわれているエモータル・ドラゴンの血、あらゆる病を治すユニコーンの涙、などなど……。

どれもSランクで珍しい物ばかりだ。

各地から集めるのにかなり苦労した。

「さあ、ここからが本番だ」

精神を整え魔力を集中する。

闇魔法を使うには、魔力の質をかなり高めないといけない。

これがレイク・アスカーブの闇魔法が、偽物だとすぐにわかった理由だ。

あいつは適当に魔法名を言っただけじゃないか。

「呪いの精霊よ……我が僕《しもべ》となりたまえ……」

闇魔法の呪文を唱え始める。

これだけ準備しても、闇魔法は簡単には使えない。

三日ほどぶっ続けで詠唱する必要がある。

だが、疲れたなどと言ってられない。

あいつらを痛い目に遭わせてやるのだ。

詠唱しているうちに、室内が少しずつ暗くなっていった。

――いいぞ、いい感じだ。この調子ならうまくいくはずだ。

ここなら誰にも邪魔されない。

私はどんどんのめり込んでいった。

□□□

「す、すごい……すごいぞ！　私はついにやったのだ！」

三日後、大鍋から呪いの精霊たちが出てきた。

どれも皆、どす黒いオーラに包まれている。

実体を持った影みたいで、強そうなヤツばかりだ。

Sランクなのは間違いない。

一目見ただけで、魔力がかなり高いレベルだとわかる。

こいつらを見たら、レイク・アスカーブは肝を潰すだろうなぁ。

あのゴミが驚く顔を想像すると楽しくなる。

「しかし、なんて強そうなんだ。魔族なんか比べ物にならないぞ」

精霊たちは静かに飛んでいる。

私の命令を待っているのだ。

強い部下を手に入れたような気分で、とても気持ちよくなってきた。

「さあ、呪いの精霊たちよ！　私の僕となり、レイク・アスカーブを倒せ！　そして、この国を蹂躙《じゅうりん》するのだ！」

精霊たちは嬉しそうに飛び回っているだけで、私の言うことなど聞かない。

また復活して喜んでいるようだ。

だが、言うとおりにしてもらわないと私が困る。

「お、おい、私の言うとおりにしろ！　早く、レイク・アスカーブを倒すんだ！」

【ケハハハ！】

「コ、コラ！　部屋を荒らすな！」

呪いの精霊たちは、私の大事な書物や魔道具をめちゃくちゃに破壊し始めた。

は、早く止めないと部屋が崩壊する。

追い払おうとするが、ヤツらは気にも留めない。

それどころか、大鍋からどんどん新しい精霊が出てくる。

【アハハハハ！】

ひとしきり暴れると、呪いの精霊たちは研究部屋を飛び出した。

どこかに行ってしまったらしい。

「な、なんだったんだ。クソッ、呪いの精霊まで私をからかうのか？」

空腹を感じ、少し休むことにした。

力を蓄えてもう一度挑むのだ。

「なんか変なヤツがいるわ！　きゃー、痛い！」

「こいつら、モンスターか!?　ぎゃあああ！　助けてくれえええ！」

「おい、早く警備隊を呼んでくれ！　ぐっ、ぐああああ！」

ふいに、人々の叫び声が聞こえてきた。

そこら中から苦しみの声があがっている。

呪いの精霊が襲っているようだ。

予期せぬ事態に、だんだんとイヤな汗をかいていく。

――あれ？　もしかして、これって……結構ヤバくないか？

□□□

「レイク殿、お主は王都の救世主だな。レイク殿に勝てる者はこの世にいないであろう。お主がいてくれて本当によかったぞ」

「いえ、そんなにすごいことではありませんから……」

「まぁまぁ、謙遜せずに……さあ、レイク殿にもっと食べ物と飲み物を持ってきてくれ」

「ダーリンのすごさがみんなに認められて私も嬉しいわ」

魔族たちを倒した後、宮殿で盛大な宴が開かれていた。

多数の強力な敵から王都を守った功績が称えられたのだ。

グランドビールのときもすごかったが、今回はその比じゃなかった。

ドでかい鳥の丸焼きだとか、色とりどりの果物たち、高そうなロブスターなんて物もある。

右も左も高そうな食べ物ばかりだ。

豪華絢爛《ごうかけんらん》で贅沢極まりない。

しかし、ダウンルックの姿が見えなかった。

ここ数日、どこにもいないそうだ。

「まったく、ダウンルックはどこにいるのだ。レイク殿を労う宴だというのに」

「いや、まぁ、忙しいんじゃないですかね。この国の大賢者ですし」

「私としてはあの人がいないほうがいいわ」

暫く食事を楽しんだ後、俺は王様に話しかけた。

「あの、王様。俺たちはそろそろグランドビールに帰ろうと思うのですが」

「何、もう帰ってしまうのか？　少し早すぎないかね」

王様は寂しそうにしょんぼりしている。

その様子を見たミウが小声で話してきた。

「王様はダーリンを随分気に入っていたみたいだけど。もうちょっと王都にいない？」

「それはとてもありがたいんだが。ずっと話していると、流石に緊張するって」

う～ん、どうしようかな。

王様はいい人だけど、そろそろ自分の家に帰りたい気持ちもある。

コレクションの掃除もあるし。

立ち回りを考えていたら、鋭い悲鳴が響いた。

「うわああ！　助けてくれえええ！」

「誰か、きて！　このままじゃ、死んでしまいそう！」

「ひいい！　お助けをー！」

和やかな雰囲気を切り裂くような叫び声。

それもかなりの大人数だ。

俺たちは急いで窓に近寄る。

「なんだ、どうした!?」

「ダーリン、あれ見て！」

【アハハハハ！】

街が何かに襲われていた。

そいつらは真っ黒い影みたいな形をしていて恐ろしく不気味だ。

全身から見覚えのあるどす黒いオーラを放っている。

「あんなヤツら初めて見るな。住民たちが襲われているぞ」

「あれは呪いの精霊よ。これは大変ね。ダーリンじゃないと倒せないわ」

「マ、マジかよ」

大昔、世界を滅ぼしかけた危険な精霊じゃないか。

モンスターでも魔族でもない、まったく別の存在だ。

とりあえず、戦闘態勢に入ろう。

――〃呪われた即死アイテム〃よ、こい！

即座にフル装備になる。

「こ、これはどういうことだ……」

俺たちに少し遅れて王様が出てきた。

街の様子を見て呆然と立っている。

「あ、あれは、呪いの精霊ではないか！　いったい、どうして……このままでは国が滅びるぞ！　封印されて久しいはずなのに、なぜこんなにたくさんいるのだ！　誰かが復活させたのか⁉」

街の中では警備隊が戦っているが、全然攻撃が通用していなかった。

「こいつらはいったいなんだ⁉　魔法も剣もまるで効かないぞ！」

「わかりません！　突然現れて、我々を襲って……ぐあああああ！」

「クソッ、ダウンルック様はこんなときに、どこにいらっしゃるんだ！」

まったく歯が立たないって感じだ。

呪いの精霊は警備隊を蹴散らしながら、人々を追いかけ回している。

さらには建物を破壊し火を放ち、やりたい放題だ。

今すぐに止めないと王都が壊滅してしまう。

〔ダーリン、いくら強くてもあれは呪いの一種よ！　解呪のスキルで消せるはずだわ！〕

「そ、そうか！　よし、《解呪》！」

呪いの精霊に向かって、魔力弾をどんどん撃つ。

もちろん、手加減などいっさいなしだ。

【ギャアアア！！！】

魔力弾が呪いの精霊に当たる度、あっという間に消えていった。

やっぱり、俺の《解呪》は効果テキメンらしい。

「呪いの精霊はたくさんいるな。しかも、どんどん増えている気がするが……とはいえ、まずは住民たちを守ろう」

〔ええ、ダーリンの魔法じゃないとヤツらの攻撃は防げないわ〕

【闇の魔導書】をめくっていくと、この状況にピッタリな魔法があった。

《ダークネス・ネオバリア》
ランク：SSS
能力：何者も寄せつけない結界を展開する

「よし、これを使うか。《ダークネス・ネオバリア》！　対象は王都にいる人たち！」

呪文を唱えると、住民たちを黒っぽいオーラが覆った。

呪いの精霊が攻撃しているがびくともしない。

流石は、SSSランクの闇魔法だ。

「皆さん、レイクさんが守ってくださっているわよ！」

「み、見ろ！　ヤツらの攻撃をまるで通さないぞ！」

「レイクさんがいればこの街も大丈夫だ！」

住民たちはバリアの中でジッとしている。

幸いなことに、死者は出ていないようだ。

しかし、ちらほらとケガ人が見えた。

悪化する前に回復させたほうがいいな。

――――――――――――――――
《ダークネス・ヒーリング》
ランク：SSS
能力：あらゆるケガを全回復させる
――――――――――――――――

「次はこいつだ！　《ダークネス・ヒーリング》！　対象は全ての住民！」

俺が唱えると、住民たちが黒い光に包まれた。

「こ、今度は何⁉　……信じられません、ケガが治っていきます！」

「これもレイクさんの魔法だ！　こんな回復魔法があるのかよ！」

「すごい、腰が痛かったのまで消えちまったぞ！」

みんな、嬉しそうに騒いでいる。

「これで大丈夫だろう。次は呪いの精霊たちをどうにかしないと。一体ずつ退治していけばいいのかな」

「ダーリン、これはどこかで闇魔法が暴走しているわ。大元を無効化しないと、呪いの精霊たちは消えないはずよ」

「マジか、いったい何が起こっているんだ」

〔私はあの人が怪しい気がするわ〕

あの人と聞いて、俺も同じ人間を思い浮かべた。

カタライズ王国の大賢者――ダウンルック。

まさか、あいつが何かやったのか？

「そうだな、俺もそう思っていたところだ。信じたくはないが、ヤツのところに行ってみるか。何かしら事情を知っているはずだ」

〔あの人がやったに決まっているわよ〕

「よし、《ダークネス・テレポート》！　行き先はダウンルックのいるとこ！」

「うわあ！　なんだ、貴様ら！　どこから入ってきた!?」

一秒後、俺たちは暗い部屋にきた。

中はぐちゃぐちゃで物が散らかっている。

目を凝らすと、奥のほうにダウンルックがいた。

ここで何かがあったことは間違いないだろう。

「ダウンルック！　お前が呪いの精霊を解放したのか!?」

〔住民たちは恐怖に震えているわよ！〕

「だから、貴様らは何者なんだ!?　どうして、ここがわかった!?」

兜をつけている上に暗いので、ダウンルックは俺だとわからないようだ。

だが、名乗っている暇などなかった。

さっさと呪いを無力化しないと。

精霊たちがいつ大暴れするかわからない。

「ダーリン、ここに全ての原因があるはずよ！」

「ダウンルック、何があったか教えるんだ！」

「わ、私は何もしていない！　これはちょっとした事故なんだ！」

「このままでは王国が大変なことになるだろうが！」

俺とミウはダウンルックに近づいていく。

もう逃げ場なんてないのに、ヤツは抵抗してきた。

「ま、待て！　くるんじゃない！　あっちに行け！　今すぐ、この部屋から出ていくんだ！」

ダウンルックは両手を広げて立ちはだかっている。

明らかに何かを隠そうとしていた。

「どいてくれ。王都を救うには、呪いの精霊が出てきた原因をどうにかしないといけないんだ」

「あなたのせいでみんなが迷惑しているのよ」

「うわっ、や、やめろ！　見るな！」

ダウンルックをどかすと、奥のほうに大鍋があった。

グツグツ沸騰《ふっとう》して、どす黒いオーラを放っている。

「この鍋はなんだ？　〝呪われた即死アイテム〟みたいなオーラがあるぞ」

〔どうやら、失われた闇魔法を解読してしまったようね。これは呪いの精霊を呼び出すための魔道具よ〕

やっぱり、ダウンルックがこの騒ぎを起こしたようだ。

大鍋の存在が明らかになったというのに、ヤツは決して認めようとしない。

「こ、これは……私が力を得るために必要なことだったんだ！」

「まったく、大賢者のくせに何をやっているんだ」

「私は王国のために闇魔法の研究をしていたんだ！　ただでさえ忙しいのに時間を作ってな！」

「いい加減にしろ。お前のせいで街が襲われて、みんなが大変な目に遭っているんだぞ」

「ぐっ……」

ダウンルックは悔しそうな顔をしていた。

〔ダーリン、この大鍋が全ての原因だわ！　無力化しちゃって！〕

「よし、《解呪》！」

「やめろおおお！」

大鍋に魔力を注ぎ込んでいく。

すると、どす黒いオーラがどんどん薄くなっていった。

「やめろ、やめてくれええ！　何をするんだよおお！　せっかく、ここまで頑張ったのにいいい！」

「コラ、離れろ、ダウンルック」

〔いい加減にしなさいよね、アンタ〕

ダウンルックがしがみついてくるが、構わず魔力を注ぎ込む。

国に壊滅の危機が迫っているのだ。

手を緩めるつもりはまったくない。

あっという間に、大鍋からどす黒いオーラが完全に消えた。

「こんな感じかな」

「これで呪いの精霊は出てこないし、地上にいるのも消えてしまうわ」

ダウンルックはフラフラと後ずさり、壁際に座り込んだ。

呆然としたかと思うと、大きな悲鳴をあげた。

「うわあ！　助けてー！」

「あっ、ダウンルック！」

「ダーリン！　まだ残ってたヤツがいるわ！」

【ケケケケ！】

部屋の隅に隠れていた呪いの精霊が、ダウンルックを摘み上げた。

大きな口を開けて、今にも呑み込みそうだ。

「も、もうダメだー！　喰わないでくれー！　まだ死にたくないよおお！」

「《解呪》！」

【グアアアア！！！】

即座に魔力弾を放って、呪いの精霊を打ち消した。

ダウンルックはドサッと床に落ちる。

ヤツはブルブル震えていた。

よっぽど怖かったらしい。

「危なかったな、間一髪だ」

〔これで呪いの精霊は完全にいなくなったはずよ。でも、念のため確かめましょう〕

俺とミウは慎重に部屋の中を探る。

他に精霊はいないようだった。

「さてと、大丈夫か、あいつ？」

俺はダウンルックに近づいていく。

見たところ、ケガはなさそうだが……。

「うわああ！　助けてくれてありがとうございますううう！　ママァー！」

いきなり、ダウンルックが泣き始めた。

「な、なんだ？」

〔気持ちわるー〕

ダウンルックは俺の足元にすがりついている。

涙と鼻水で顔面グシャグシャだった。

め、めちゃめちゃ汚い。

「いや、離れろよ、ダウンルック。そもそも、俺はお前のママじゃねえし」

「怖かったよおおお！　ママァー！　ママァー！」

「お、落ち着けって」

「えーん！　まさかこんなことになるとは思わなかったのおおお！　呪いの精霊が勝手に暴れたのおお！」

「お、おい、ダウンルック……しっかりしろよ」

「うわぁ……」

やがて、騒ぎを聞きつけて住民たちがやってきた。

みんな、唖然としている。

「ダ、ダウンルック様の様子がおかしいぞ」

「呪いの精霊……って、大賢者様が呼び寄せたの？」

「もしかして、全部ダウンルック様がやったのか？　大賢者様なのに？」

もちろん、その中には王様もいる。

「ダウンルック、これはいったい……どういうことだ！」

王様は必死に怒りを押し殺している。

だが、全身から憤怒《ふんぬ》のオーラが滲み出ていた。

そして住民たちは、ダウンルックをめちゃくちゃ鋭い目つきで睨みつけている。

「ぼくは悪くないのおお！　呪いの精霊がいけなかったのおお！」

そんな中、ダウンルックはいつまでも泣き叫んでいた。

やれやれ、こいつもやらかしマンだったわけか。

【間章：ダウンルック】

「ダウンルック！　貴様のせいで国が滅びかけたんだぞ！　わかっているのか!?」

気が付いたとき、私は王の間で力なく横たわっていた。

体は縄で縛られていて、まったく身動きできない。

縄はかなり硬い上にギチギチだ。

縛られるだけでなく、首に何かつけられていた。

——なんだ？　……こ、これは魔力封じの枷《かせ》じゃないか。私の開発した魔道具が、どうして。

「こ、国王陛下、縄と枷を外してください！　私は大賢者です！　このような仕打ちをするのであれば、今後の魔法開発に協力しませんぞ！」

「黙れ！　貴様は大賢者でもなんでもない！　ただの愚か者だ！　恥を知れ！」

このっ、言わせておけば……ふつふつと怒りが湧いてくる。

国王だからしぶしぶ言うとおりにしていたが、それもここまでだ。

この説教が終わったらなぶり殺しにしてやる。

私の偉大な魔法でな。

「国王陛下、そのようなことを仰ってよろしいのですかね」

「何？」

「大賢者の私が反旗を翻したら、この国はおしまいですよ。なんといっても、私以上の魔法使いはいないのですから」

国王を思いっきり睨みつけてやった。

クックックックッ、脅すような感じで言えばすぐに撤回するだろう。

そう思っていたが、カタライズ王は呆れた顔をしているだけだった。

いや、周りの愚民どもも同じ表情だ。

「貴様のような愚か者を大賢者と呼んでいた自分が恥ずかしいぞ。ダウンルック」

この私が愚か者だって⁉

こいつはどこまで私をけなせば気が済むのだ！

いい加減にしろ！

「国王陛下、ですからあれはちょっとした事故で……」

怒りを噛み殺して冷静に話す。

だが、その直後言われたことに、ものすごい衝撃を受けてしまった。

「ダウンルック！　貴様はワーストプリズン島に収監する！」

――……え？　今、なんて言ったんだ？

あの恐ろしい島の名前が聞こえた気がする。

はは、まさかな。

カタライズ王も冗談が下手だ。

きっと、私を脅すためのウソだろう。

確認のため、もう一度聞き直してみるか。

だが、声が震えるのはどうしてだ？

「き、聞き間違いだと思いますが、ワ、ワーストプリズン島と仰られたのですか？　何もそこまで
……」

「だから、そうだと言っておるであろう！　もう貴様にはこりごりだ！　二度と、この国の土は踏めないと思え！」

カタライズ王に思いっきり怒鳴られ身体《からだ》がビクリと震えた。

周りの人間は、私を冷ややかに見ている。

どうやら……冗談じゃないらしい。

イヤな汗が出てくる。

——いったい、どうすればいいのだ？

ふと周りを見ると、あの鎧騎士様に気が付いた。

呪いの精霊を圧倒し、私の闇魔法を鎮めた人物だ。

その隣には銀髪女神がいる。

彼女はレイク・アスカーブと一緒にいたはずだが……。

きっと、あのゴミに愛想を尽かして乗り換えたんだろうな。

クソッ、本当ならあそこには私がいたはずなのに。

何はともあれ、とりあえず命乞いしておくか。

「こ、国王陛下！　今一度、お考え直しください！　どうか、ワーストプリズン島だけはおやめください！」

「ダウンルック！　貴様は国を滅ぼしかけた！　本来なら死刑のところを監獄行きにしてやったのだ！　感謝しろ！」

カタライズ王は硬い顔で怒鳴るだけだった。

少しずつ、心臓がドキドキしてきた。

――ほ、本当にワーストプリズン島に送られるのか？　大罪人しかいないという、あの最恐最悪の牢獄に？　そ、そんなの絶対にイヤだぞ。

決して受け入れられず、必死に抵抗する。

「どうかお許しください！　呪いの精霊が暴れたのは、予想外の出来事だったのです！」

「うるさい！　貴様の顔を見るのもこれまでだ！　お前たち、その愚か者を連れていけ！」

カタライズ王の合図で、衛兵たちが私を連行していく。

躊躇《ちゅうちょ》なく蹴り飛ばされ地面を転がされ、乱暴極まりなかった。

「や、やめろ！　離せ、離さんか！　私を誰だと思っている！　大賢者だぞ！　今すぐ解放しろ！」

「うるせぇ！　お前のせいで大変な目に遭ったんだよ！　俺たちがどんなに怖い思いしたかわかってんのか!?」

「今さら逃げられると思うな！　この大罪人が！」

「一生俺たちの前に出てくるんじゃねぇ！」

魔法の使えない私は無力もいいところだった。

悪あがきもむなしく、ずるずると引きずられていく。

も、もはやこれまでか。

鎧騎士様の前を通ったときだ。

最後の力を振り絞って抵抗しようと決意した。

「「コラ、さっさと歩け！　さもないと……」」

「お、お願いです。鎧騎士様、あなたのお顔を見せてください」

私はその足元にすがりつく。

この方は私を救ってくれた。

せめて、最後に私の救世主へ感謝を伝えたいのだ。

「わかった」

鎧騎士様はゆっくりと兜を外していく。

ただ立っているだけでも、全身から強者のオーラが滲み出ていた。

きっと、すごい力の持ち主なんだろう。

あれ、この声はどこかで聞いたような気が……。
いや、もしかしたら、人じゃないかもしれない。
それとも、睨んだだけで敵を殺せそうな強面《こわもて》？
威圧感のある老練な感じ？
どんなお顔かな。

「ダウンルック、自分の罪をしっかり反省してこい」

…………は？
どういうことだ？
兜を外したらレイク・アスカーブが出てきたぞ？
あのクソ冒険者だ。
なぜお前がここにいる？
なんで、なんで、なんで？
鎧騎士様はどこに行った？
心の中で何度も否定するが、イヤでもじんわりと実感してくる。

——私がすがりついたのはレイクだった……てこと？　あんなに見下していたヤツに私は命を助け

られた？　おまけに、無様にすがりついて？


そう自覚した瞬間、私の中で何かが壊れた。

「うわあああ！　そんなわけないよおおお！　ママァー！」

「お前たち、ダウンルックを取り押さえろ！」

カタライズ王の号令で、衛兵たちがいっせいにのしかかってくる。

「暴れるな！　この野郎！」

「おとなしくするんだよ！」

「一生監獄で暮らしやがれ！」

「ぐっ……い、息が……」

混乱の渦から抜け出す間もなく、私はあっさりと気絶した。

□□□

「うっ……ここは……どこだ？」

目が覚めると、見知らぬ部屋にいた。

狭くてジメジメしていて、とても不快な所だ。

どこかに連れてこられたらしい。

まずは状況を把握しないと……。

少しずつ暗闇に目が慣れてきたら、強い衝撃に襲われた。

「こ、これは鉄格子じゃないか！　いったい何がどうなっている!?」

目の前には、頑丈な鉄格子がはめられていた。

どこからどう見ても、ここは牢屋だ。

そ、そんな……私が牢に入れられるなんて……。

信じられない気持ちで佇んでいると、女の怒号と男の悲鳴が聞こえてきた。

「この先どうやって生きていけばいいの!?　全部、アンタのせいよ！」

「死んでお詫びをしろ！」

「オラァ！　死ね、このブタ！」

「ひいいいい！　ごめんなさい、ごめんなさい、ごめんなさい！」

な、なんだ？

何が起こっている？

「勇者のくせに逃げすぎなんだよ！　みっともなく思わないのか！」

「あなたの心は新米冒険者より弱いですわね！」

「なんでこんなヤツとパーティー組んじゃったんだろう!?」

「うわああ！　もう勘弁してくれええ！」

両隣の部屋から、女の罵倒と男の叫び声が聞こえてくる。

拷問でもされているのか？

と、とんでもない所にきてしまった。

早く脱出しないと。

「よ、よし、とりあえず転送魔法を使おう。まずは魔法陣を描いて……な、何⁉」

今気づいたが、私の両手首には輪っかがつけられていた。

魔力封じの枷だ。

こ、これでは魔法が使えないじゃないか。

どうすればいいのだ。

看守が通りかかったので、私は必死になって叫ぶ。

「お、おい！　ここはどこだ！　どうして、私を閉じ込めているんだ！　早く出してくれ！」

「こんな人が大賢者様なんてね、笑っちゃうよ」

「どうしてってさ。アンタ、闇魔法を暴走させちまったんだろ？　監獄に入れられるのは、当たり前だろうがよ」

「ま、せいぜい魔法の研究でもしていてくださいや。このワーストプリズン島でね」

そう言うと、看守たちはギャハハハ！　と笑いながらどこかに行ってしまった。

ワースト……プリズン島……ほ、本当に連行されてしまったのだ。

私の心に強い後悔の波が押し寄せてきた。

――なんで……なんで、禁断の闇魔法なんて使ってしまったのだ……魔族が襲来したときもプライドなんか捨てて、レイクと一緒に戦えばよかったじゃないか。

だが、今さら後悔したところで意味はない。

全てが遅すぎた。

暗い牢獄の中、私はどん底のどん底に落ちていった。

■第五章：そして英雄に■

【間章：セレン】

「どうも、セレンさん」

あの日、死んだと思っていたレイクさんが帰ってきました。

最初見たときは信じられなかったです。

だって、Sランクダンジョンの〈呪い迷宮〉に行っていたのだから。

でも、ただ帰ってきただけではなかったですね。

「この前ダンジョンで会った子で、ミウっていいます」

ミウさんという、とってもキレイなお嬢さんを連れていました。

ダンジョンで会ったと言っていましたけど、そんなことありますかね。

「な……なかなかに、前衛的な結婚指輪ですね」

しかも、既に結婚されているなんて。

流石の私も驚きましたよ。

レイクさんは意外とやり手でした。

「あの、セレンさん。お願いがあるんですけど、俺を傭兵として登録してくれませんか？」

レイクさんは傭兵になりたかったんですか？

冒険者としても、十分に活躍できると思いますが。

最初、私はあなたが傭兵になれるか心配でした。

一般的に、かなりの実力が求められますので。

でも、それは余計な不安でしたね。

レイクさんは驚くほど強くなっていたのです。

「じゃあ、セレンさん。このクエストお願いします」

レイクさんが持ってきた依頼表に、私はとても驚きました。

なんとAランクだったのです。

「このクエストは今まで何人も失敗しています！　魔石鉱山ジマトーンケイブだって、そもそも行くのが大変なんですよ！　二度と帰ってこれない死の入り口なんていわれています！」

大声をあげたりしてすみませんでした。

そのときは、レイクさんの実力を知らなかったのです。

「これが俺の言ってる〝呪われた即死アイテム〟ですよ。めっちゃカッコいいでしょう？」

〈呪い迷宮〉で入手したのでしょうか？

レイクさんは嬉しそうに、色んなアイテムを披露してくれました。

どす黒いオーラが出ていて、カッコいいというか、ちょっと怖い感じでした。

「では、ジマトーンケイブへのマップを渡します」

「いや、それには及びません」
それは地図を渡そうとした時でした。
いきなり、レイクさんは消えました。
ミウさんと一緒に。
たぶん転送魔法でしょうが、驚きましたよ。
だって、魔法陣どころか呪文詠唱すらしなかったのですから。
あまりの出来事に、いたずらだと思ってしまいました。
「セレンさん、マジックドラゴン倒してきました」
どうやら、レイクさんは想像以上に強くなっていたようです。
マジックドラゴンはAランクのとても強いモンスターなのに瞬殺なんて……。
長年受付嬢をやっていますが、そんな冒険者は一人もいませんでしたよ。
【闇の魔導書】に何かないか!?」
「そうね。雨降らしの魔法とかないかしら」
ネオサラマンダーの封印が解かれたときは、もうダメかと思いました。
街が火の海に飲み込まれ、人々は逃げまどい……あれを地獄というのでしょう。
だけど、レイクさんは不思議な雨を降らし、あっという間に鎮火してしまいました。
さらには、あのネオサラマンダーを一撃で倒して……。
知らない間に、ものすごく強くなっていたんですね。

レイクさん、あなたは街の救世主です。

「皆さん、これから俺の家に避難していただきます！　あそこの丘に見える家です！」

ネオサラマンダーの次は魔族が攻めてきました。

防御結界も解けてしまい、私は今度こそ死を覚悟したのです。

でも、レイクさんがご自宅に避難させてくれました。

ビックリするほど広かったです。

そして、インテリアはなかなかに……独特なセンスをしていましたね。

お屋敷の中から、レイクさんが戦っているのを見ていました。

やっぱり、圧勝でしたね。

あれは特殊な鎧なんでしょうか？

エビル・デーモンの雷がレイクさんに当たると、数えきれないほどに増えて跳ね返っていました。

「いいえ、決して無理ではありません。レイクさんこそが勇者になるべき人なのです」

とうとう、あなたは勇者にまで選ばれました。

私はとても嬉しかったですが、驚きはしませんでした。

だって、一番ふさわしい人だと確信していましたから。

これからもきっと、レイクさんはみんなの大切な存在になっていくでしょう。

――レイクさん。あなたが帰ってきてくれて、本当によかったです。

【間章：セインティーナ】

「あなたがレイク・アスカーブさんですね。お噂はかねがね聞いていますよ。あのネオサラマンダーを無事に討伐されたそうで。あなたのおかげで、尊い命が救われました。私からも感謝申し上げます」

「い、いえ、俺は自分にできることをやっただけで……」

私はレイクさんにお会いするのを楽しみにしていました。

封印するので精一杯だったネオサラマンダーを、一瞬で倒したという冒険者。

実際に一目見てすぐにわかりました。

あなたの強さ、そして優しさが。

あのネオサラマンダーを倒したのも頷けます。

私はグランドビールを守る新たなエースが生まれて、とても嬉しかったです。

「防御結界は暗号を言わなければ絶対に解けることはありません。ですが、時間が経てば弱ってしまいます。私はこれから魔力を補給しに行きます。後はお願いしますね」

そして、魔族が攻めてきました。

私はレイクさんたちがいれば大丈夫だと信じていましたが、セルフィッシュと別々に行動していたんですね。

セルフィッシュが立場を利用して、あなたを魔族の城に連れていかなかったと聞きました。

残念なこともありましたが、レイクさんがいてくれて本当によかったです。

（セインティーナ様！　レイク様が魔族とモンスターの群れを撃退したそうです！　グランドビール
は救われました！）

（それは本当ですか⁉）

私はその場にはいませんでしたが、レイクさんの活躍は知っています。

あのヘカトンケイルやエビル・デーモンさえ、瞬殺だったとか。

これほどまでに強い冒険者は、私も聞いたことがありません。

魔族が攻めてきたとき、レイクさんはご自宅にみんなを避難させてくれたんですよね。

あのお家は特別な魔法がかかっているんでしょうか？

後から聞きましたが、モンスターが次々と潰されていたそうです。

私が使える魔法でもそれほど強力なものはありません。

レイクさん、あなたは相当強い方みたいです。

「レイクさーん！　アンタは最高だ！」

「一度ならず二度も街を救ってくれるなんて！」

「救世主どころじゃない、英雄だぜ！」

レイクさんは住民の皆さんにとても信頼されています。

いくら強くても、人の心を摑むのは難しいです。

だから、私たちはあなたにお願いしたのです。

「レイクさん、どうか勇者になっていただけませんか？」

「ゆ、勇者⁉」

私たちが決めたことを伝えたとき、あなたはとても驚いていました。

ですが、レイクさんが勇者になって、文句を言う人は誰もいないと思います。

それほど、あなたの功績は素晴らしいのです。

「わ、わかりました。勇者になります」

レイクさんが引き受けてくれて本当によかったです。

これでグランドビールも、いえ、この世界も平和が保たれるでしょう。

この先どんなに強い敵が現れても、レイクさんなら大丈夫だと思います。

「やったああ！　新しい勇者の誕生だあああ！」

「レイクさんがいればずっと平和だぜ！」

「俺たちはこういう人を待っていたんだよな！」

皆さんの歓喜の声が全てを物語っています。


――レイクさん、あなたこそ真の勇者です。

【間章：ミウ】

「だ、誰だ、お前は⁉」

ダーリンに初めて会った日を私は今でも覚えているわ。

あの日、私は指輪から出てこられた。

それまでは、ただただジッと待ってたの。

いつか外に出られたらいいなって。

「そ、そうか…………すまん、取り乱したな。俺はレイク・アスカーブだ」

ダーリンは私を見ると驚いていた。

そりゃそうよね。

いきなり、指輪から呪い魔神が出てきたんだもの。

でも、ダーリンはいつも私を普通の女の子として扱ってくれる。

今の生活が快適すぎて、自分でもたまに呪い魔神なことを忘れるくらいだわ。

「そうだな、色々あって疲れたよ……って、どこに泊まるんだ」

人間って温かいのね、寝ながら私はビックリしていた。

だけど、とても心地良かったわ。

初めて、誰かと一緒に眠った。

ダーリンの温もりは本当に心が落ち着く。

「よし、そうするか。いやぁ、しかし、素晴らしい日々だったな」

ダーリンがどんどん強くなっていくのを見るのは、とても楽しかった。

各種〝呪われた即死アイテム〟をゲットして、喜んでいたときはちょっとスネちゃった。

だって、すごい嬉しそうだったんだもん。

そして、ダーリンは私を外に連れ出してくれた。

「…………傭兵かぁ」

ダーリンは冒険者がイヤそうだったから提案してみたけど、案外気に入ってくれたみたい。

のんびり暮らしたい、って言ってたわね。

でも、どんどん理想から離れていってる。

ダーリンみたいな魅力があったらしょうがないわよ。

「ふぉ、ふぉんものですよ」

セレンさんという女の人を見たときは、少しドキッとしちゃった。

まさか、ダーリンと……！　なんていう妄想もしたけど、別に何もなさそうでよかった。

その後、マジックドラゴンを倒しに行ったのよね。

見事な瞬殺だったわ。

「街の近くで封印されていた、超強いSランクモンスターだよ。どうして、封印が……」

ネオサラマンダーが街を襲っていたときも、ダーリンは我先にと戦っていたわ。

すぐにベストな判断もしていたし、リーダーシップがあるわよね。

いくら強くても、一番最初に飛び込むのは怖いものよ。

街の人たちがダーリンを慕っているのを見て、私も嬉しかった。

「おい、ミウは物じゃないぞ」

ヘンタイ勇者が絡んできたときも、ダーリンは私を守ってくれた。

ミウは物じゃない、って言ってくれたときは本当に嬉しかった。

だって、私は〝呪われた即死アイテム〟から生まれた存在だから。

ダーリンはそんな私でも女の子として見てくれる。

こんな優しい人に出会えて、私は幸せ者だと思う。

「おお……なんてカッコいい屋敷なんだ」

そんなことがあって、私たちの新居が決まったわけね。

見た目はそれほど悪くないし、何よりダーリンが気に入った家に住むのが一番よ。

中はとても広かったのもよかったわ。

まぁ、いくら広くても絶対にダーリンと一緒に寝るけどね。

「いえ、俺は自分にできることをしただけです。ミウや他の冒険者たちにも、助けてもらったわけですから」

魔族たちが襲ってきたときも、ダーリンはとにかく強かった。

私は屋敷で応援していたけど、絶対に勝つとわかっていた。

あのレベルの敵を瞬殺できる人なんて、他にいないでしょうね。
ダーリンはいつも〝呪われた即死アイテム〟のおかげだと言っている。
だけど、それを使えるダーリンが一番すごいのよ。
「お、俺がですか⁉　いや、無理ですよ！　そんな勇者なんて大役！」
勇者になってほしい、と頼まれるなんて、とても名誉なことね。
誰でもいいわけではないのよ。
みんなのリーダーになる人は強いだけじゃダメ。
他人を思いやる心や、寄り添う気持ちがとっても大切なのよ。
ダーリンにはピッタリだと思うわ。
「頼むから、受け身の準備をしてくれ」
王都にきたときも、ダーリンはいつもどおりだったわね。
ポンコツ賢者と戦って魔法を使わずに勝てる人なんて、ダーリンくらいでしょう。
しかも、ケガさせないように加減もしてね。
相手をボコボコにしないところに、ダーリンの優しさを感じるわ。
「へえ、すごいパワーだ。魔族があっという間に吸い込まれていくぞ」
ダーリンは感心して見ていたけど、王様たちは口が開きっぱなしだったわ。
あんなに強い魔法はそうそうないもの。
魔族たちにも無双していたわね。

ああいうのを格の違いっていうのよ。

ダーリンの実力は世界一だと思うわ。

「どいてくれ。王都を救うには、呪いの精霊が出てきた原因をどうにかしないといけないんだ」

せっかく魔族を撃退したのに、世界を滅ぼしかけた呪いの精霊が復活した。

でも、ダーリンにとっては、そこらへんのモンスターと変わらなかったみたいね。

ダーリンがいなかったら、今ごろ世界はどうなっていたことやら。


──私は世界を焦土に変える呪い魔神。


だけど、ダーリンのおかげで、そんなことをしないで楽しく暮らせている。

他の人たちと同じように冒険したり、美味しいご飯を食べたり、大切な人と一緒に寝たり……。

私は毎日が幸せでいっぱい。

だから、これだけは言わせてね。


──いつもありがとう、ダーリン。

□□□

「レイク殿のお見えであーる！　皆の者、拍手！」

「「わあああ！　レーイーク！　レーイーク！　レーイーク！」」

俺とミウは王宮のバルコニーに立っていた。

眼下には民衆がたくさん集まっている。

呪いの精霊を倒してから数日後。

カタライズ王国の英雄ということで、俺は称えられていた。

「レイク殿！　お主に英雄の称号を与える！　受け取ってくれたまえ！」

「あ、ありがとうございます」

「よかったわね、ダーリン」

俺は王様から美しい女神像を貰った。

全て黄金で作られているようでとても重いが、重さと一緒に英雄となった実感も感じるようだ。

「いいぞー！　レイクー！　アンタは国の英雄だー！」

「あなたは私たちにとって、誰よりも大切なお方です！」

「ありがとう、レイクさん！」

民衆は笑顔で手を振っていた。

「アハハ……」

俺もぎこちなく手を振り返す。

称えてくれるのは嬉しいが、やっぱりこういうのは慣れないいな。

「レイク殿、今日は忙しいですぞ。この後、国の大臣たちと会食があって、夜には晩餐会が……」

「は、はぁ……」

呪いの精霊たちをやっつけてから、ずっと宴の毎日だった。

流石に、これ以上してもらうのは悪いよな。

俺は自分にできることをやっただけだし。

「ああ、そうだ！　レイク殿の銅像も建てますかな！　英雄になられたわけだから、何もなしというわけにもいかないでしょう！」

「ダーリンの像なんてできたら、国中の人が集まってきちゃうわよ！　なるべく、本物のカッコよさを再現してよね！」

「もちろん、国で一番の職人に作らせましょう！　レイク殿、期待していてくださいな！」

「デザインはどうしましょうかしら。やっぱり、きりっとした感じがいいと思うんだけど」

「何種類か作ってはいかがですかね。剣を構えているところ、魔法を使っているところ、ポーズにもこだわって……」

ま、まずい。

このままでは、どんどん話が進んでしまう。

大慌てで二人の間に入った。

「や、やめてください。王様！　俺の銅像なんて、恥ずかしくてしょうがないですって！」

「これは失礼した、レイク殿」

よかった、わかってくれたみたいだ。

流石は、カタライズ王。

賢明なお方だ。

「金の像じゃないとダメだったな」

「そうじゃなくてですね」

俺の像なんて建てられたら、恥ずかしさで街が歩けなくなりそうだ。

なんかミウも乗り気だし。

どうにかして中止させないと。

何かいい案はないか？

と、とりあえず家に帰ろう。

「あの、王様。俺たちは、そろそろ家に帰ろうと思うのですが……」

「そんな寂しいことを言わないでいただきたい！　そうだ！　ミウ殿との結婚式も一緒に行うというのはどうかな？」

「さっすが、王様ね！　話が早い！　明日でも構わないわ！」

「よし！　そうと決まったら、早速手配をしよう！　おい、今すぐ係の者を呼べ！　国で一番豪華な結婚式を開くんだ！」

「いや、ちょっ」

頼むから、俺を置き去りにしないでくれ。

気が付いたときには、ブライダル関係っぽい人たちが集合していた。

ど、どこから出てきたんだ。

そのまま、彼らは何やらコソコソ話しだす。

「レイク様とミウ様の結婚式だ。かつてないほど盛大にしよう。他国からもお招きするんだ」

「まずは場所を決めないとですね。王都でやるのは絶対として……」

「お二人の新婚旅行先なんですが……」

取り残された気分でいると、ミウがくっついてきた。

いつものむぎゅむちっだ。

「みんなが私たちのためにセッティングしてくれるなんて嬉しいわね」

「お、おお……」

いや、ミウと結婚するのがイヤなわけじゃないんだ。

たぶん幸せな生活を送れるだろうよ。

だけど、こういうのはもっと段階を踏んでだな……。

今度は衛兵が入ってきた。

この人もブライダル関係じゃないだろうな。

「お話し中、失礼いたします！」

「どうした？　今ちょうど、レイク殿の結婚式を考えているところなのに……」

「こちらの方々がレイク様にお話があるそうです！　どうしても、ということなのでお連れしまし

　——俺に話？　なんだろう。もしかして、また偉い人か!?　王様と話すだけでも、肩が凝《こ》ってしょうがないんだが。

　と、思ったら、ベテラン冒険者、幼い修道女、貴族の息子って感じの人たちが入ってきた。

　予想が外れて、少しばかりホッとする。

「「あの、レイク様でいらっしゃいますか？」」

「は、はい、そうですが……って、うわっ！」

　名乗った瞬間、ズダダダダ！　と、彼らはすごい勢いで走ってきた。

　俺の顔に当たりそうなほど、身をせり出している。

「俺は北方のギルドの冒険者だ！　ヤバいモンスターが巣を作っていて大変なんだよ！」

「私は〝神聖霊教会〟の者です！　私たちの仲間が行方不明になっているんです！」

「僕は隣国のヒュージ帝国第二王子です！　兄の暴走を止めてください！」

「「助けてください、レイクさん！」」

　——な、なんだ？　依頼？

　あっという間に、俺は囲まれてしまった。

　三方向からぎゅうぎゅうに押される。

「そ、そんな急に言われても……」

「ダーリンったら、大人気ねぇ。私も嬉しいわ」

「な、なんとかしてくれ、ミウ」

ミウはとても喜んでいるのだが、俺はぎゅうぎゅうで苦しい。

た、頼む、助けてくれ。

さらには、もっとたくさんの人がなだれ込んできた。

「「レイクさん！　私の依頼も受けてください！」」

「うわあ、なんだ⁉」

「ハッハッハッ！　皆、レイク殿を頼りにきたんですよ！　いやぁ、レイク殿はもう民の心を摑んでしまったのですな！　そんな人はなかなかいないですぞ！」

「ダーリンの魅力はとどまるところを知らないってことね！」

王様とミウは嬉しそうに笑っている。

いや、笑ってないで助けていただきたいのだが。

「俺の依頼を一番にやってくれ！　もうアンタしかいないんだよ！」

「いいえ、レイクさん！　ぜひ私の依頼を最初にお願いします！」

「ぜひとも僕を先に！　報酬は弾みます！　領地を一つ差し上げる、というのはどうでしょう！」

「あ、あの、ちょっ」

「じゃあ、一人ずつ並んでね。順番に解決していくから」

「「はい!!」」

ミウの合図で、依頼人は即座に一列になった。

みんな俺のことをめっちゃキラキラした目で見ている。

——おいおいおい、マジかよ。傭兵としてのんびり暮らすはずが……。

《了》

巻末特別短編

【ミウの手料理（Side：レイク）】

俺とミウは【呪いの館】のリビングで向かい合っていた。

「じゃあ、作ってくるからちょっと待っててね」

ミウはルンルン……とキッチンへ行く。

今日の晩飯はミウが作る。

ずっと食事は外で食べていたが、ミウが自分でも作ってみたいと言ったのだ。

しばし待っていたが、ちょっと気持ちが落ち着かなかった。

ミウが料理をするのは初めて……ということは、手伝った方がいいんじゃないだろうか。

そっとキッチンを覗く。

「ふんふ～ん」

ミウは上機嫌で食材を並べては切っている。

肉の塊に玉ねぎや人参にじゃが芋……。

「どうしたの？」

「あ、いやっ！」

気がついたら、ミウは俺の真後ろにいた。

一瞬で移動したらしい……さ、さすがは呪い魔神。

「ダーリンはのんびりしていていいのよ？」

「え、え～っと……何か手伝うことがあるかなぁと思って……」

「特にないわ。ありがとうね」

淡々と言うと、ミウはキッチンに戻った。

しょうがないので、俺もリビングへ行く。

コレクションの掃除をしながら待つこと数十分、ミウが二人分の皿を持って戻ってきた。

「じゃじゃ～ん！　〝お肉と野菜の煮込みスープ〟で～す！」

テーブルに置かれた皿からは、ホクホクと温かい湯気が立っている。

「おお、すごくおいしそうだ……」

「さあ、どうぞ。食べてみて」

「いただきま～す」

一口食べた瞬間、全身に電流が迸った。

こ、これは……。

「どうかしら、ダーリン？」

「う……」

「う……？」

胸の奥からこみ上げてくる熱い思い……耐えようとしても耐えきれず、叫ぶように言った。

「うまい……うまいよ、ミウ！」

結論から言うと、彼女の料理は非常に美味だった。

肉も野菜もホロホロと柔らかく、スープにも食材の旨みが溶け込み、おいしさが全身に行き渡る。

ミウも嬉しそうに微笑んでいた。

「美人だし強いしセンスもいいし、さらに料理もうまいなんて、ミウは本当にすごい女の子だなぁ」

堪能していると、ミウが満足気に告げた。

「これで名実ともに夫婦となったわけね。これからもよろしく、ダーリン」

「だ、だから、そういうのはもっと段階を踏んでだな……」

《了》

【流れ星（Side：ミウ）】

「流れ星なんて久しぶりに見る気がするなぁ。何だかんだ忙しかったたし」

「お空も晴れて良かったわね」

「うん、曇ってたらどうしようかと思ったよ」

「ダーリンなら闇魔法で晴れにできそうね」

「たしかに」

もう夜遅いけど、私とダーリンは街外れの草原に来ていた。

夜風が爽やかで心地よい。

今日は流星群の日。

どうやら、毎年この時期はたくさん落ちるみたい。

ダーリンが教えてくれたけど、流れ星に祈ったお願い事は絶対叶うんだって。

そんな素敵なお話があるなんて初めて聞いた。

ロマンチックでワクワクしちゃうわ。

私たちの周りには、グランドビールの人たちもいっぱい集まっていた。

みんな、流星群が落ちるのを待ちわびている。

「いやぁ、相変わらず二人は仲がいいな。いつ見ても一緒にいるじゃないか」

「見ているこちらが微笑ましくなってしまいますね」

「「ははは、もうグランドビールの名物になりそうだな」」

マギスドールさんとセレンさん、ギルドの冒険者たち。

みんな、嬉しそうに笑顔で声をかけてくれた。

ダーリンに会わなければ知り合うこともなかったのよね。

彼らもダーリンと同じくらい大切な人。

〔みんなはどんなお願い事をするの？〕

「そうだなぁ……俺は街の平和だ。何と言っても、穏やかに暮らせるのが一番だからな」

「私は皆さんのご健康をお祈りします。健康であってこそですからね」

「「流石は、マギスドールさんとセレンさんだな！　俺たちとは考えることが全然違うや！」」

彼らの答えに、冒険者たちは一段と盛り上がる。

グランドビールの人たちだって、本当に仲がいいわよね。

みんなでわいわいとお喋りしていると、ダーリンが空を指して叫んだ。

「あっ！　今、光りましたよ！　流れ星が落ち始めました！」

「なにぃ!?　こうしちゃいられん！　急いで願い事をするんだ！」

マギスドールさんの一声で、冒険者のみんなはいっせいにお願い事をする。

こんなときまで、彼は偉大なるギルドマスターだった。

ダーリンもまた、いつになく真剣な表情で夜空を見つめては、お願い事を言っている。

「〝呪われた即死アイテム〟がまだまだたくさんありますように……カッコいいアイテムがたくさん

ゲットできますように……センスのいい店がたくさん見つかりますように……それから」

ダーリンはすごい早口で、いくつものお願い事を言っていた。

主にカッコいいアイテムが欲しいという内容だったけど、ボソッと「この先もミウと一緒にいられますように……」と呟いているのが、本当に嬉しかったわ。

ごろんと草花の上に寝転ぶ。

柔らかく私の身体を受け止めてくれた。

空に広がるのは美しい星々。

眺めていたら、ちょうどキランと一筋のお星さまが流れた。

急いで手を組んでお祈りする。

――これからもずっと、ダーリンと一緒にいられますように！

《了》

あとがき

読者の皆様、初めまして。作者の青空あかなでございます。

この度は本作、『禁忌解呪の最強装備使い～呪いしか解けない無能と追放されたが、即死アイテムをノーリスクで使い放題～』をご購入くださり誠にありがとうございます。

本作は異世界ファンタジーの作品で、主人公はレイクというカッコいいアイテムが大好きな冒険者です。

物語は彼が所属パーティーから追放される、という不遇なスタートを切りますが、ご安心くださいませ。レイクは途方もない力を持っていたのです。その力を使い、カッコよくて非常に強いアイテムも次々とゲット。その結果、恐ろしい程までに強くなります。本作に欠かせない、美しいヒロインさんもアイテムの中から出てきました。この方も超強い。どう強いかは、ぜひ本作をお読みいただければと思います。

そんなレイクには、次々と強大な敵が襲い掛かります。過去に大惨事をもたらしたSランクモンスター、たくさんのモンスターの群れ、恐怖の象徴ともいえる魔族、封印された悪霊……。どれも街が崩壊し、国が滅亡するほどの危機をもたらす敵です。しかし、そのような敵でさえ、彼にとってはそこら辺のスライムと大差ありません。いったいどうやって倒してしまうのでしょうか。

さて、レイクは他の誰も追随できないほどの力を手に入れますが、決して横暴に振る舞ったりはしません。世のため人のために、その力を使うところに彼の善良な心が表れていると思います。

本作は最初こそ『追放』からの厳しい始まりですが、物語には『無双』の一面も色濃く出ております。剣をはじめとした、多種多様の素敵な武器だって出てきます。ぜひ、レイクと一緒に爽快なバトルもお楽しみください。表紙をご覧の方はすでに予想できているかと思いますが、挿絵のイラストも最高に素晴らしいです。もちろん、悪役の『ざまぁ』もあるのでご期待ください。

また、本作では番外編をいくつかご用意しました。頼りがいがあるギルドマスターの過去の話、お決まりの監獄の新人看守の話、そしてヒロインさんとレイクの話……などなどです。

番外編では、ギルドマスターの顔に刻まれた傷の秘密が明かされたり、監獄を仕切っている人たちは何者なのか知れたり、ヒロインさんのレイクに対する尊い想いなどが感じられます。どれも本編と同じかそれ以上に面白いお話なので、応援書店様で貰える特典SSも一緒にどうぞ読んでみてください。

最後になってしまいましたが、本作に大変麗しくてカッコよく、そして可愛いイラストを描いていただいた眠介様、出版に向けて力強くお導きいただいた編集担当様方、サーガフォレスト編集部様、本作の刊行にご尽力いただいた皆様方、そして本書をお読みいただいた全ての読者様へ、心から感謝の言葉を申し上げたく思います。本当にありがとうございました。

青空あかな

禁忌解呪の最強装備使い 1
～呪いしか解けない無能と追放されたが、即死アイテムをノーリスクで使い放題～

発　行
2023年10月13日　初版発行

著　者
青空あかな

発行人
山崎　篤

発行・発売
株式会社一二三書房
〒101-0003　東京都千代田区一ツ橋 2-4-3 光文恒産ビル
03-3265-1881

印　刷
中央精版印刷株式会社

作品の感想、ファンレターをお待ちしております。
〒101-0003　東京都千代田区一ツ橋 2-4-3 光文恒産ビル
株式会社一二三書房
青空あかな 先生／眠介 先生

Printed in Japan, ISBN 978-4-8242-0043-3 C0093
※本書は小説投稿サイト「小説家になろう」（https://syosetu.com/）に
掲載された作品を加筆修正し書籍化したものです。